プラナリア

山本文緒

文藝春秋

プラナリア

山本文緒

目次

装幀　大久保明子
目次イラスト　井筒啓之

プラナリア

プラナリア [Planaria] 三岐腸目のプラナリア科に属する扁形動物の総称。体は扁平で、口は腹面中央にある。体長二〇〜三〇ミリメートル。渓流などにすむ。再生の実験によく使われる。

「大辞林」第二版より

プラナリア

次に生まれてくる時はプラナリアに。

酒の席での馬鹿話で私が何気なくそう言ったら、意外にもみんなは興味深そうにこちらを見た。前のバイト先で知りあった年下の子たち三人と、隣には私の彼氏が座っている。

「何プラナリアって?」

「あ、あたし知ってる。氷山の下でぷかぷか泳いでる、天使みたいな可愛いのでしょ」

「それはクリオネなんじゃないの」

みんなが口々に言うのを、私はフォア・ローゼズのグラスをからからいわせて止めた。

「違う違う。大きさ的には同じくらいなんだけど、プラナリアは海じゃなくて山奥のきれいな小川とかにいるの」

へええ、と女の子二人と男の子一人が声を合わせる。彼氏は既に私からその話を散々聞かされているので、黙ったままつまみの残りを口に運んでいる。

「この前テレビで見たんだけどね。渓流の石の下とか、農薬使ってない田んぼの水路とかにいる、一センチくらいの茶色いヒルみたいなの。よく見ると頭が三角形でちょっと卑猥《ひわい》な形なんだけどさ」

どう卑猥なのよ、とみんなは笑う。私はグラスの酒を飲み干してお代わりを頼んだ。もう飲みはじめて三時間近い。女の子二人と私の彼氏はアルコールをやめてウーロン茶を頼んでいた。

「なんで、そんなものになりたいんすか。春香《はるか》さんは」

唯一飲む気いっぱいの二十歳の男の子がそう聞いてきた。答えようとする私の出端《ではな》をくじいて、片方の女の子が口を挟む。

「分かるような気がするなあ。そういう生き物なら、きれいな水の中でふらふらしてればいいだけで、なーんにも考えないで済むもんね」

「えー、あたしはそんなヒルだか亀頭だかみたいなもんはやだな。やっぱ次に生まれてくる時はスーパーモデルがいい」

「亀頭とか言わないでくださいよ、女の子がさあ」

話がそれてきて私は不機嫌になり、わざと大きな声を出した。

「でね、プラナリアって、切っても切っても死なないんだよ」

みんなはきょとんと私の顔を見た。

「たとえばみっつに切っても、それがいつの間にか再生して三匹になっちゃうんだって。三匹どころか十個に切り分けても、とかげの尻尾みたいににょきにょき育って十匹になっちゃうんだから」

妙に力の入った、でも幼稚な私の説明に全員が一瞬言葉を失った。そこに頼んだ飲み物がきて、女の子二人は「なんか甘いもの食べようか」とメニューを開いて相談しだした。

「本当っすか、それ」

男の子だけがまだ興味を示してくれていて、私は酔った勢いで熱弁した。

「本当だって、尻尾の先っちょしかなかった奴まで、最後には亀頭ができちゃって再生しちゃうの」

「やめとけよ、春香」

そこで彼氏が小声で言った。喧騒《けんそう》の居酒屋で、テーブルの向かいに座った他の三人には聞こえなかったようだ。

「プラナリアって節足動物なんすか？」

「え？　節足動物って何？」

「えっと、じゃあそいつってチョウチョとかミミズみたいなの？」

「そんなんじゃなくて、ヒルみたいなの」

「単細胞なんすか？」

「分かんないわよ、そんなの。でも放っておくと大きくなって、勝手に二つに分かれて増えるっていうからそうなんじゃないの」

身を乗り出して私はさらに大きな声を出す。

「よく知らないけどさ、とにかく切っても切っても生えてきちゃうなんて、馬鹿みたいでいいじゃない。ほら私、乳がんでしょ。だからそういうもんに生まれてたら、取った乳も勝手に盛り上がってきて、再建手術の手間とお金が省けたなーって思ってさ」

笑わせようと思って言ったのに、男の子は困ったような気弱な笑みを浮かべ、タピオカミルクか苺シャーベットのどちらにしようか相談していた女の子二人は、気まずそうにうつむいてしまった。

「そろそろ引き上げようか」

彼氏がそう言い、誰の返事も待たずに立ち上がる。みんなは明らかにほっとした顔をしていた。

「いい加減にしろよ」

豹介《ひょうすけ》は車のエンジンをかけ、呆れかえった声を出した。

「みんな困ってたじゃないかよ。ルンちゃんの悪い癖だよ」

「秘密にしてないよ。みんな知ってることだもん」

「そうじゃなくてさ。盛り上がって飲んでる時に、なんでそんなつまんないこと言うんだよ。ほんとに露悪趣味だよな」

そうかよ、乳がんはつまんないことなのかよ、と内心思っても豹介の前では悪態はつかない。

「もう自分で自分の病気のこと言うの、やめなよね。そんなんじゃルンちゃん、本当に友達なくすよ。今度の飲み会も不安だなあ。僕の友達なんだから、今日みたいなことはやめろよな」

ルンちゃんというのは言うまでもなく私のことで、春香↓ハルちゃん↓ハルルン↓ルンちゃんと活用して今に至る。他人がいる時は一応名前で呼び合っているが、二人きりになると私たちは「ルンちゃん」「ヒヨッチ」と呼び合うのだ。恋人同士というのは、二人だけになるとそういうふうに幼児化するものだと分かってはいても、「ルンちゃん」と呼ばれる度どこかしらけていく私がいる。

「ああ、なんかまた具合悪いかも」

彼が信号でブレーキを踏んだとたん、軽い吐き気がこみあげてきて私は呟《つぶや》いた。

「酒、飲みすぎなんだよ。具合が悪いとか言いながら、週に何度も飲んでるじゃない。禁酒してスポーツクラブでも行ったら？　そしたら少しは痩《や》せるんじゃない」

さっきの居酒屋ではほとんど発言しなかったのに、二人きりになると彼はぺろぺろとよく喋った。人前だと無口なのは内弁慶な性格と、まだ大学三年生だというのもあるだろう。若いのに私より百倍常識的な彼は、人前では四つも年上の私を一応立ててくれるのだ。

「ルンちゃん、うち寄ってく？」

豹介がふいに甘えた声を出す。今、具合悪いって言っただろうが。まっすぐ送って行け、まっすぐ。

でもそれを口に出しては言えない。私はヒョッチに愛されている。私がかろうじて平静を保っていられるのは、この現実があるからだった。その支えを失ったら、間違いなく私は失速し、今以上に他人や家族に迷惑をかけ、そして自爆するだろうことは目に見えていた。

一昨年、私は乳がんで右胸を取った。二十四の誕生日を迎える一ヵ月前だった。青天の霹靂《へきれき》と当時は感じたが、今振り返るとその言葉は当てはまらないように思う。何故ならそれまでの二十三年間、私にとって青天な日などほとんどなかったからだ。不運な私が、なるべくしてなったという方が当たっている気がする。ツイてない人間はどこまでいってもツイてない。

でも、その時はもちろんそんなふうに達観できるはずもなく、人生最大のディープインパクトに打ちのめされ、ただ泣き叫ぶばかりだった。がんの進行がステージ4だかになっていて、一日も早く切除するしかないと医者は言った。

一回目の手術は乳首の真下にできたがんとそのまわりの脂肪を取って、翌年には背中の肉を使って乳房の再建手術をした。というと簡単そうだが、肉体的にも精神的にも信じられないほどきつかった。再建たって、何もおっぱいが前とそっくり同じに戻るわけじゃない。半年たった今でも、胸の丘のまわりにぐるりと派手な傷痕《しょうこん》があるし、背中なんか日本刀で切りつけられたような十五センチほどの傷が生々しく残っている。しかも乳首の再建手術はまた落ち着いたらということで、私の偽《にせ》おっぱいには乳首がない。前は一刻も早くつけようと思っていたが、もう一度入院して麻酔を打って手術するのかと思うと、このままでいいかと投げやりな気持ちになる。

豹介と知りあったのは乳がんが発覚する少し前で、私には他に年上の恋人がいて、まあ、もてたことがない私にとって初めての二股という状態だった。関係あるわけないけれど、不細工な私がいい気になって二股なんかかけたからこんなことになったのかな、と思わないでもない。

豹介は私が当時勤めていた会社に短期のアルバイトにきていて、何度か大勢で飲みに行ったりしたら気があって仲良くなり、酔った勢いでやってしまった仲だった。

乳がん発覚が豹介と寝る前だったらと思うと、こんな私にも多少の運は残されていたのだと感謝せずにはいられない。目の前の据膳をよく考えもせず食べちゃえた若さと、いい意味での彼の育ちの良さに。

ちゃんとした恋人だった方の男は、私の病名を聞いて尻尾を巻いて逃げていった。泣きながら電話で打ち明けると「大丈夫だよ、俺がついてるから」と言いながら、翌日には部屋の電話も携帯も不通になって、会社に電話をすると「突然理由も言わずに一週間の休暇をとった」と関係ない私が（関係あるか）見ず知らずの人に怒られた。なのに豹介は逃げなかった。私と私の家族に混じって一緒に泣いてくれ、暴れて手がつけられない私に毎日会いに来てくれ、根気よく慰めてくれた。手術が終わって目が覚めた時も、両親と共に彼の顔が心配そうに私を覗き込んでいた。

それからずっと、豹介はそばにいてくれる。情緒不安定な私が壊れて暴れると、若者らしく逆ギレして「がんになっちゃったもんはしょうがねえだろ！　あきらめろ！」と怒鳴りかえしてくるけれど、それでも去っていったりはしなかった。

車を百円パーキングに停めると、私たちは手をつないで一人暮らしの豹介の部屋へと向かった。郡部にある彼の実家は大きな運送会社でたいそう羽振りがいいらしく、学生にはもったいないような2DKのマンションに住み、アルバイトしなくても十分やっていける仕送りも貰っているようだ。

いつものことだが、部屋に帰るとすぐ彼は風呂を沸かす。病的なほど清潔好きな彼は、外出から戻るとまずシャワーを浴びたがった。やがて私にも半強制的に風呂に入ることを勧め、ずぼらな私が面倒くさがったので、じゃあ一緒に入ろうということになったのだ。

もはや習慣となったお風呂タイムには性的な雰囲気はなく、彼は汚れた食器を洗うかのように自分と私の体と髪をゴシゴシ洗った。最初の頃はこっぱずかしいの半分と、こんな体になっても慈しんでくれるなんてという感動が半分あって落ち着かなかったけれど、今はされるがまま、ただ何も考えずに洗われている。愛されてるんだ、と前は思っていたが、最近ではなんだかよく分からなくなっている。なんでこの男は他人の体をこうも懸命に洗うのだろうか。

洗うだけではなく、風呂から出るとふかふかのバスタオルで彼は私の体を隅々まで拭いてくれる。そしてなんと髪までブローしてくれるのだ。以前、私が洗った髪をそのままブラシで梳《と》かして自然乾燥させていたのを見て、彼が勝手にやりだしたことだ。ロン毛の彼はまるで美容師のようにブローがうまかった。そして極めつけは、専用の鋏《はさみ》で私の眉毛まで揃えてくれるのだ。私なんて眉ブラシさえも持っていないのに。ヘアメイクの仕事したら成功しそうだね、と前に言ったら、そんなことは考えてもみなかったらしく、俺は親父の会社継ぐんだもんと当たり前の口調で言っていた。

風呂から上がったらそのあとは有無を言わさずセックスである。私は手術後ずっとホルモン注射を打っているので、お月様がこない。だから「今日は都合が悪いの」なんて言い訳はきかない。疲れてるとか、めまいがするとか言って断ったこともあるが、そうすると世にも悔しそうな顔をするし、そのあとご機嫌をとるのが大変なので、やってしまった方が簡単である。

体を洗われるのと同じで、私はされるがままになる。ホルモン注射のせいなのか、私にはかつて売りたいほどあった性欲が今やまったくなく、結構苦痛である。でも愛されてるんだからと自分を煽《あお》って声なんか出すと、体も多少反応するから人間って不思議だ。愛されている感謝のしるしに、彼が要求することはだいたいしてあげる。若いだけあって持久力がないのが唯一の救いだった。

で、セックスが終わると、ようやくお茶が出てくる。ペットボトルのウーロンなんかじゃなくて、コーヒーでも紅茶でも緑茶でも、沸かした熱湯で丁寧にいれたものだ。私なんかのためにそこまで、とこれも最初の頃は感激したが、どうやら自分が飲みたいからだと最近は分かってきた。

その証拠に、ずっとこちらを見ていた彼の目が、点《つ》けたテレビにばかりいくようになっていた。このような展開が週に三回か四回。愛されるのも結構つらい。

「ヒョッチ、明日は学校？」

「うん、二限から。ルンちゃん酔いさめた？」

ベッドの上でぼんやりテレビを眺めながら彼は言った。自覚はないのだろうが「酔いさめた？」は「そろそろ帰ってくれ」という意味である。愛しているわりには彼は私が泊まっていくことをあまり喜ばない。他に女がいるというわけではなさそうだから、単にシングルベッドに二人で寝るのがいやなだけだと思われる。

「明日、注射の日だからそろそろ帰るね。終わったら電話する。夜、一緒に食べる？」

服を着ながら言うと、彼は私の質問には答えずこめかみのあたりを指で押さえていた。

「どうかした？」

「いや、なんとなく頭重くて。風邪かな」

「大丈夫？　お医者さん行った方がいいんじゃない？」

「いや平気」

「行った方がいいって。年寄りと乳がん患者の言うことは聞いとくもんだよ」

そこで彼が突然、拳を枕に思い切り振り下ろした。カバーの端が破れ、派手に中身の羽毛が散った。また逆ギレか、と思ったら彼が低く呟いた。

「いい加減にしろよ」

ほとほと疲れたように彼は息を吐く。

「もう終わったことだろう。治ったんだからもうルンちゃんはがん患者じゃないんだよ。いつまでもそれに甘えてるなよ。このままずっと働かないで、俺んとこ嫁にいけばいいとか思ってんじゃないの？　もうやめてくれよ」

終わったこと、と言われて、私は反論しようと口を開きかけた。けれど気持ちとは裏腹に出てきたのは「ごめんね。もう言わない」という媚《こ》びた声だった。

「帰るね」

そう言って立ち上がると、彼はさすがに言いすぎたと思ったらしく、立ち上がって玄関までついてきて軽くキスしてくれた。けれどそれ以上は送る気はないようだったので、私は笑顔で玄関を閉めた。

パーキングまでとろとろ歩いて、私は駐車料金を払い車を出した。この車は私の親の車で、両親が使わない平日は私が自由に乗り回しているのだ。

豹介も私と知りあう前は親に買ってもらった車があったらしいが、事故を起こしてあっという間に廃車にしてしまったそうだ。それから恐くて運転したくなくなったそうで、さっきのように私がすごく酔っ払っている時以外は運転しようとしない。運送屋の息子がそれでいいのか、と笑ったら「ルンちゃんには分かんないよ」とその時もキレていたっけ。

だるい気持ちで私は車を出した。明日、月に一度の注射をされると、だるいどころか歩くのもやっとみたいなことになる。憂鬱だった。一人で深夜の国道を運転しながら「次に生まれてくる時はプラナリアにしてください」と、無駄と知りつつお星様に祈ってみたりした。

無職の私が、四週間に一度だけきちんと通っているのがこの県下で一番の大病院だ。今更だけど、超近代的なこの大病院を選んだのは失敗だったかも。何しろ朝の九時にちゃんと行ったって、主治医との問診まで四時間も待たされるのだから。

この病院には患者がいすぎる。おいしいラーメン屋のようにずらりと人の列が続いていて、流れ作業で血を抜かれる。私は血管が出にくくて何度も針を刺されてやっと採血される。こんなことで落ち込むな、と自分を叱咤《しった》しても、既に十分へこんでいる自分に気づく。

がんになんかならなきゃよかった、とまた考えても仕方がないことを考える。なりたくてなったわけじゃない。でも、どうして私がこんな思いをしなくちゃならないんだろう。ただ運が悪かっただけなんて簡単には納得できない。何度も針を刺し直す、下手くそなこの若い看護婦じゃなくて、なんで私だけががんになったんだろう。いや、私だけというのは違うかも。何しろ今ここで医者とのたった数分の問診を待っている老若男女たちはたぶんみんながんなのだ、すげーがん人口。そりゃ流れ作業にもなるわ。

それにしても、待たされる。なんだかすごく悔しくなってくる。どうしてきちんとした予約時間制じゃないんだろう。私は無職だからいいけれど、土日は休みじゃ勤め人は困るだろう。しかも、こんなに待たされても問診はいつも五分で終わる。前と後が詰まっているのは分かるが、もう少し構ってくれたっていいんじゃないか。「生理がこなくなる」とだけしか聞かされず、打ちはじめたホルモン剤が、打ってみるとぐるぐるめまいはするわ、二時間おきに脂汗かいて目が覚めちゃって全然眠れないわ、変なほてりは続くわ、疲労感やら倦怠《けんたい》感やらで吐きそうになる（というか吐く）。

それを主治医に訴えると「そういうこともあるかもね」とのらくらかわされる始末。それどころか「この薬は乳がんはおさえられるけど、子宮がんになりやすい」などとさらりと言われたひにゃあ、どうすりゃいいのさ。思い余って自主的に産婦人科の診断を受けると、そこの女医さんは「普通半年しか打たない薬なのに、一年半も打ってるなんておかしい」と言っていた。一応彼女が私の主治医に直談判してくれたのだが、今やめると転移が心配だよ、再発してからやめなきゃよかったと思っても知らないよ、という答えが返ってきた。

普通半年しか打たない薬をその三倍も打って後遺症とかないのかな、私は子供産めるのかな、と不安になっても調べる術《すべ》はなかった。図書館で少しそういう本を読んでみたけど、そんなことはどこにも書いてなかったし、主治医も産婦人科の女医さんも、見ていると殺人的に忙しいようで、何度もしつこく聞く気にはなれなかった。彼らだって別に意地悪しているわけじゃなく、きっと本当に分からないんだろうしな。

それに病院サイドにしてみれば、直径五センチにも育ったがんだったのに、手術後の病理検査はステージ1とかで、放射線も抗がん剤もやらなくて済んで、それだけでもラッキーだよという感じだった。確かにそうかもしれないが、だからって命救ってくれてありがとうとは、どうしても思えなかった。大金払って冗談じゃない。

そして今日は四時間十五分待たされたあげく、看護婦に呼ばれてこう言われた。

「先生が今から手術なんで代理の先生でいいですか。それとも後日いらっしゃいますか」

それでなくても貧血で、その上血を抜かれたあとだったので怒る気にもなれず、私は小さく頷《うなず》いた。主治医との信頼関係もないのに、代理の医者に何を言えばいいというのか。

それでも診察室に入って、どうですかと問われたので、吐き気やめまいやホルモン剤への不安を訴えた。まだ三十代前半に見える代理医師の回答は「僕は代理なので分からない。めまいは内科で診《み》てもらったら」という簡単なものだった。血い吸うたろか、と頭の中で悪態をついて、でも頭を下げて診察室を出る。

そして今日も、何故だか保険がきかない馬鹿高い、ものすごく痛い注射を打たれた。

こんなことでへこんではいけない、とまたもや自分に言いきかせたが、駐車場に向かう足取りはふらつき、目尻には涙が浮かぶ。自分でも情けないと思いつつ、手が自然に携帯を取り出し豹介に電話をしてしまった。

「あ、ルンちゃん？　病院終わったの？」

屈託のない彼の声。嬉しいんだか腹が立つんだか複雑な思いだ。

「うん。まだ学校？　迎えに行こうか？」

「あー、助かる。じゃあ俺マックにいるよ」

それでも多少気分が晴れて電話を切ると、駐車場の中を横切って行く小柄な女の人が私に向かって会釈した。ちょっと距離があったけれど「あ、あの人だ」とすぐ分かって私も頭を下げる。入院中に喫煙室で何度か顔を合わせたことのある女の人で、退院してから見かけたのは初めてだった。

病院だから当たり前なのかもしれないが、高層ビル三棟を持つ巨大病院なのに、喫煙室はひとつしかなく、しかも空調だけで窓のない六畳ほどのスペースはお世辞にも居心地がいいとは言えなかった。けれど私は歩けるようになると友達が差し入れてくれた煙草を持って喫煙室に通った。そこで時々、患者用の寝巻きを着た彼女を見かけた。いつも一人でぼんやりと煙草をふかしていた彼女は、美人だから人目をひいたが、どこか気楽に声をかけにくい雰囲気があった。でも、無神経な親父やおばちゃんたちは女優のような風情のある彼女と一言でも話そうと躍起になっていた。彼女は無難に受け流していたようだが、そのうち話しかけられるのに嫌気がさしたのか、喫煙室に現れなくなった。誰かが「屋上で煙草を吸っているのを見た」と噂しているのを聞いて、お前らがうるさくするからだよ、と腹を立てたものだ。話せなくても、彼女の白い横顔や華奢《きゃしゃ》な手足を眺めていると少し幸せな気持ちになれた。美人を見るとひがみ根性が先走っていやな気分になることが多かったのに、何故か彼女には「あんなふうに生まれついていたら幸せだったろうな」と素直に憧れの気持ちをもつことができた。やがて彼女は退院したようで、いつの間にか姿を見なくなった。

久しぶりに見た彼女は、ただのTシャツとジーンズ姿なのにすごく垢抜《あかぬ》けて見えた。よく磨かれた上品な国産車に一人で乗り込み、慣れた感じの運転で駐車場を出て行った。私はそれをじっと見送る。咄嗟《とっさ》にナンバーを覚えておいた自分がストーカーっぽくって少し笑った。

豹介とファミレスで夕食を食べたが、ヤク打って顔色真っ青の私をさすがに彼は哀れに思ったのか、今日は早めの時間に解放してくれた。視界がぐらつき吐き気がこみあげ、食べてきたエビドリアを戻さないように我慢しつつ、へろへろになって自分の家まで運転して帰ると、珍しく母親が帰ってきていた。

「今日は早かったのね」

厭味《いやみ》っぽく言われたので「ママもね」と言い返して私はソファにどさりと横になった。

「今日、病院行ってきたの？」

「行った」

「どうだった？」

「別に」

投げ出すように言うと、スーツ姿の母親が困ったような怒ったような顔で唇を噛《か》んでいた。

「今日も豹介君に会ってたの？」

吐き気と共に強烈なほてりがやってきて、額や脇の下にいやな汗が吹き出してくるのが分かった。母親の質問に答えるエネルギーも失われていく。

「そんなに具合悪いなら、毎日遊び歩いてないで家で寝てなさいよ」

「……今日は注射打ったから。普段はそうでもないよ」

だったら少しは働きなさいよ、と言われるかと思ったら、母親はふいと顔をそらしリビングから出ていった。母親は若い時から役所勤めをしていて、今では靴の卸し売り会社に勤める父親よりもずっと年収がいい。母は仕事で毎日帰宅が遅いし、それに対して拗《す》ねっぱなしの父親は毎日浴びるほど酒を飲んでくるのでやはり帰宅は深夜だ。

それでも私は一人っ子のせいか、両親には愛されて育ったと思う。愛されすぎて甘やかされて、食べたいものを食べたいだけ与えられたので、物心ついた時には私はものすごい肥満児だった。デブは苛《いじ》められる。幼稚園に入った時点で私は気がついた。何故だか私だけが男の子たちに石を投げられ、女の子たちからは仲間はずれにされた。かといって生まれてからずっと続けてきた欲望のままの食生活を子供の意志だけで改善できるはずもなかった。

小学校と中学校でも当たり前のようにブタだの何だの言われたが、本気でダイエットしなければ苛め殺されると心底感じたのは十五歳の春だった。高校入学と同時にデブで目障りだという理由だけで、上級生からリンチを受けたのだ。それで死ぬか生きるかの思いをして、一年間で四十キロ落とした。それでもややぽっちゃりという感じだったが、普通の人たちにまぎれられるようになったら嘘《うそ》のように苛められなくなった。

前に主治医にそのことを話したら「そういうことも発病の原因のひとつかもね」と言われた。で、酔っ払った勢いで母親に「あんたが私に食うだけ食わせて肥満にしたから、がんにもなったんだ」とわめきちらしたら、母は泣いて謝っていた。泣かれても謝られてももう遅い。そして、そんなのがただの八つ当たりであることは私自身分かっていた。でも誰かを悪者にしなければ気が済まなかったのだ。

しかし、豹介が言うにはそれも終わったことだ。そう、本当はもうがん騒動にピリオドを打たなければならないことは、私にも分かってはいる。

だいたいこんなことになった直接の原因は、どう考えても私のずぼらさだった。

がん発覚の二年くらい前から、実は乳首から茶色い血のようなものが少し出たりすることには気がついていたのだ。でも痛くも痒《かゆ》くもなかったし、その頃は就職したばかりなのと恋愛活動に忙しく気にもとめていなかった。その後、あんまりにも恋愛活動が過ぎて、どうも下の方が痒く、クラミジアかもよと友達に言われて産婦人科に行き、その時ついでに乳首から何か出ることがあると言ったら医者の顔色が変わったのだ。即検査され、翌日会社に病院から電話がかかってきて、今すぐ来いと言われた。今すぐですか？　と問い直すと今すぐです、できればご家族も一緒にとはっきり言われた。

告知するかしないかなんてものではなく、病院で私はあっさり「乳がんです。一日も早く切った方がいいでしょう」と言われた。

冷静さを欠いたのは私だけではなく両親も同じだった。早期発見ならともかくこんなに大きくなってしまったんだからと言われて、他の方法を調べるとか疑ってみるとかいう心の余裕はもてなかった。何しろそこは県外からも通院する人が多い超近代的な大病院だったし、執刀してくれるのは権威と呼ばれる外科医だった。私にも家族にも選択の余地はなかった。

母親は代わってあげられればと泣きに泣いた。物心ついてからほとんど接触したことがなかった父親も涙を浮かべて私の手を握ってくれた。愛されていると思った。友人知人もみんな同情してくれた。けれど、愛や同情ではがんは治らない。私のひねくれた性格をよく知る古い友人の一人は、手術を乗り越えたら春香も少しは変われるかもしれないよ、と言った。

結果的には、私は少しも変わらなかった。何冊かがんの闘病記や手記を読んでみたが、病気になって健康のありがたみが分かったとか、がんになって生きることの大切さや家族愛に目覚めた、というようなことは我が身には起こらなかった。

最初の手術の時も、翌年の再建手術の時も、家族や彼氏や友人はとても優しくしてくれた。麻酔が体に合わなくて吐きまくったり、体のあちこちにつながれたチューブが痛くて声を押し殺して泣く私に、みんなはできる限りのことはしてくれたと思う。

でも、それが過ぎ去ってみれば、あの優しさは何だったの？　と私は当惑する。あれはお祭りだったのかとすら思う。もう健康になったのだから、自分のことをがんと言うなと彼氏や家族は言う。でも、もう終わったことならば、どうして私は日々めまいや吐き気や不眠に悩まされているのだろう。私の中では、まだそれは全然終わったことではないのに。

こんな私でも、一度は社会復帰しようと努力してみた。最初の手術が終わって、動かすと痛い右腕のリハビリに励み、三ヵ月休んだ職場に復帰した。社長は「大病したのに明るく頑張る君は偉いね」と言った。その台詞《せりふ》を素直に受け止められなかった私は、自分でも根性がねじくれていると思う。

会社を辞めたのは、ただ単にやる気をなくしたからだ。何もかもが面倒くさかった。生きていること自体が面倒くさかったが、自分で死ぬのも面倒くさかった。だったら、もう病院なんか行かずに、がん再発で死ねばいいんじゃないかなとも思うが、正直言ってそれが一番恐かった。矛盾している。私は矛盾している自分に疲れ果てた。

会社を辞めてからは、四週間に一度の病院通いの他はぶらぶらして過ごし、学生で暇な豹介と毎日のように会い、たまに小遣い稼ぎで短期のバイトをしたりした。

両親は「あんたたちが肥満にしたからがんになった」と私に言われたのがよほどショックだったらしく、表立って「そろそろちゃんと働け」とは言わないが、それでも一時の腫れ物を扱うような態度はなくなった。明らかに「いい加減にしろ」と顔にも態度にも出ているが、暴君の私は気がつかないふりをして過ごしている。もしかしたらこれは、愛の名の下に体も心も私をスポイルした両親への復讐なのかもしれないと思う時がある。馬鹿だ、私は。いい歳こいて。でも働きたくなかった。社会復帰してどこぞの誰かに知ったような顔で「大病したのに頑張ってて偉い」なんて言われたくなかった。

その週末、豹介が自分の母親の誕生日（！）だからと実家に帰って行ったので、私は久しぶりに女友達と街に出た。手術を乗り越えたら春香も少しは変われるかもね、と言った幼なじみである。彼女は最近付き合っていた男と別れたばかりで休日暇を持て余していて、憂さ晴らしに買い物したいから車出してよ、と頼まれ、家でくすぶっているのも憂鬱なので出かけることにしたのだ。

最近できた市内で一番売り場面積が広いというデパートの駐車場に車を入れると、隣のスペースに停めてあった車に見覚えがあった。ナンバーを確かめると、やっぱりこの前病院で見かけたあの女の人の車だった。小さい街なので、休日に同じデパートに買い物に来るのはそんな奇遇なことじゃない。ばったり会えたらいいなと思うと少し胸が高鳴った。

「知ってる人の車？」

私が隣の車をじろじろ見ていたので、友人がからかうように言った。

「うん、ちょっとね」

「男でしょ？　貼り紙でもしといたら？」

「いや、入院してる時知りあった女の人」

友人が疑《うたぐ》り深そうに鼻を鳴らした時、ジーンズの尻に入れてあった携帯が派手に着メロを鳴らした。急いで出ると案の定豹介だった。

「ルンちゃん、今何してるのー？」

女の子のように語尾を伸ばして彼が聞いてくる。

「みーたんと買い物。ヒヨッチは？」

「俺も買い物。かあちゃんに夕飯作ってやろうと思ってさー。すげー高い霜降り肉とケーキ買っちゃった」

「いいなー、ルンちゃんも食べたいなー」

「今度作ってあげるよ。じゃあ、あんまり遅くならないうちに帰れよ」

はーいと言って電話を切ると、すかさず友人に頭をはたかれた。

「みーたんだのルンちゃんだの、聞いちゃいらんないね。ツートーン声が上がってるよ。恥ずかしくないわけ？」

「自覚あるもん」

胸を張って言って退《の》けると、彼女は呆れて肩をすくめた。自分だって恋人がいた時はそいつと毎日連絡を取り合って「みーたんでちゅう」とか言っていたくせに。自覚がない方がよっぽど恥ずかしいだろう。

駐車場のビルから売り場に入ると、私と友人は二時間後に待ち合わせをして別れた。彼女が見て回りたいような洋服には私はまったく興味がないし、あったとしてもブランドものなんか買うお金はないので、私は私で本屋かなんかに行って時間をつぶそうと思った。

でもせっかく来た新しいデパートなので、その前に地下の食料品売り場でも見るかと私はエスカレーターに向かった。天気のいい休日のせいか人出は多く、カップルや親子連れが目についた。私は地下まで下り、ずらりと並んだ洋菓子や高級惣菜《そうざい》の店のディスプレイをぶらぶら歩きながら眺めた。さっき豹介が言っていたことを思い出して、私もママに何か買って行ってやるかな、という気になる。ケーキかおかずかどっちがいいだろう。

憎んでいるということは、愛してもいるということだ。私はひどい台詞を浴びせかけながらも、母親にこうしてよく手土産《てみやげ》を買って帰るし、気が向けば料理だって掃除だって母の代わりにやることがある。二人で連れ立って買い物に行くことも多いし、近場の温泉に小旅行することもある。他人から見たら仲のいい親子に見えるだろう。でも実のところ、ただの子離れと親離れしていない一卵性親子なだけだと私は知っていた。

夕方にはまだ早いというのに惣菜売り場は主婦でごった返していて、そんな中を歩いていたら、人あたりしたのかまた立ちくらみがしてきた。和菓子方面が空いていそうだったので、そちらに歩きだした時、唐突に誰かがぐいと私の袖を引いた。

「おねえさん、出口はどこかしら」

びっくりして声のする方を見ると、私よりひとつ頭の小さい位置から老婆がそう大声で聞いてきた。

「さ、さあ」

「出口はどこかしらね。ずっと捜してるんだけど出られないの」

ばあさんの手は私のシャツの袖をぎゅっとつかんで放さない。背が小さいのかと思ったら、ものすごく腰が曲がっていた。煮しめたような色のカーディガンとズボンを身につけ、逆の手には杖を握っている。皺だらけの顔の中に浮かぶ、ぎょろりと大きい目が食い入るように私を見上げていた。その濁った白目に既視感が走り、胃の奥から昼に食べた焼きソバがせりあがってくる。

ここで吐いたらいけないと、私は左手を口にあてた。右腕はばあさんがものすごい力でにぎっているので動かせない。視界がぐらりと揺れ、膝から力が抜けていく。

「出口はどこか知らない？」

もう立っていられなくて床にしゃがみこんでも、まだばあさんはしつこく聞いていた。まわりの店の人がやっと気がついてくれたらしく、人が集まる気配がし「大丈夫ですか」と声をかけられた。

「あら、あなた」

吐き気をこらえながら顔を上げると、白い上っ張りを着たあの女の人の顔があった。

「……あ、こんにちは……」

「貧血起こしながら挨拶しないでいいから。立てますか？　医務室行きましょう。はい、おばあちゃん、ごめんね。手え放してね」

また助けてもらってしまった、と思いつつ私はその人の肩を借り、やっとの思いで立ち上がった。


二度の入院生活で、私は改めて集団生活をする能力がないことを思い知った。入院するにも能力が必要だとは思わなかった。

手術後、まだ寝返りもうてないうちから、私は看護婦たちに嫌われてしまったのだ。にこりともせず、お礼も言わず、痛いだの苦しいだのなんでこんなめにあわなきゃならないんだの、文句ばかり言う私に、彼女たちはだんだんと冷たくなっていった。白衣の天使だって、それを脱げば同年代の女の子だ。きっと彼女たちからにじみ出る肉体の健康さと、精神の健全さに私は嫉妬《しっと》したんだと思う。頑張りましょうね、我慢しましょうね、と言われる度、見当違いだとは分かっていても腹が立った。私は終始ぶすっとして、看護婦の問いかけに返事さえしない時もあった。

それでもまだ彼女たちは仕事でやっているので、患者の私に意地悪をしたりはしなかったし、放っておいてくれたからよかったが、それより問題は年寄りとおばちゃんだった。

今思い出しても鳥肌がたつ。二度の入院とも私は六人部屋に入れられ、二度とも同室の患者は私を除くと平均年齢七十歳という感じだった。

どうして年をとると、みんな同じように見えるのだろう。しかもその大病院の入院患者は全員、病院指定の縦縞《たてじま》の作務衣《さむえ》のようなものを着なくてはならず、そうすると余計に見分けがつかず、私は全然人の顔と名前が覚えられなかった。もちろん覚える気などなかったからだが。

特に私は食事の時間が嫌いだった。プラスチックの容器にカロリーだけ考えたエサが盛られ、その食べ物の匂いと消毒薬と誰かの便の匂いが混じって、それこそミソもクソも一緒だなと悲しくなった。見舞いの菓子を食べまくっていた私は当然食欲が湧かず、年寄りたちが入れ歯のない口でもぐもぐ物を食らうのを眺めていると「そんなにまでして生きてたいのかよ」と叫びだしそうになった。そして自分も含めて、いつかは誰でもそうなるのかと思うと、大きな無力感に襲われて、もうどうでもいいやとやけくそで食事を平らげたりした。

ベッドから自力では起き上がれない年寄りは実害がないのでそれでもまだよかったが、問題は半端に元気なおばちゃんたちだった。

私は例の美人患者以外の人には興味のかけらもなかったのだが、私以外の人々はそうではなかった。私が起き上がれるようになって、点滴を吊《つ》るしたキャスターをごろごろいわせて自分でトイレに行くようになると、さっそくみんなが話しかけてきた。

どこに住んでいるのか、何の仕事をしているのか、お父さんはどこに勤めているのか、何の病気で入院しているのか。答えないでいると、おばちゃんたちは勝手に身の上話と病気自慢を延々と披露した。私は刑務所に入った新参受刑者のような気がして、ますます答える気をなくした。なるべく関わらないようにしようと誰に何を言われても黙秘していたら、ある日看護婦から「上原さんの態度が悪いってみなさんが言ってるから、もう少し気を使ってあげてね」と注意されてしまって力が抜けた。重病指定されても、集団生活の掟《おきて》からは逃げられないのだ。

「具合どう？」

デパートの小さな医務室で一人しばらく横になって、そういうことを次々と思い出して涙ぐんでいたら、先程の彼女がひょっこり顔を出した。私は急いで目尻を拭って起き上がる。

「あ、もう大丈夫です。ちょっと立ちくらみがしただけだったから」

「本当に大丈夫？」

「はい。本当に平気です」

彼女はにっこり笑って、そばにあった丸椅子を引き寄せベッドの傍らに座った。

「ここで働いていらっしゃるんですか？」

「そう。あなたが倒れた目の前の甘納豆屋。あ、上原さんだ、と思ったら、またおばあさんにからまれてて、それで倒れちゃったから、笑い事じゃないけどちょっと可笑《おか》しかった」

私は照れて笑った。入院していた時も、まさに同じような状況で助けられたことがあったからだ。病室にいるのに飽きてロビーでぼんやりしていた時、ぼけがはいったばあさんにからまれたのだ。勝手に隣に座られて、長々と病気と家族の愚痴を聞かされ、暇だったので適当に聞き流していたのだが、入れ歯のないその口元がもごもご動くのを見ているうちに、また気分が悪くなってきて病室に帰ろうとした。すると「なんで帰るんだ、ちゃんと聞け」とそのばあさんは私をなじったのだ。思わずカッとしてこちらも大きな声で言い返したら喧嘩になってしまい、野次馬が集まってきた。具合は悪いし、出て来た事務の人にはまるで私がそのばあさんを苛めたようなことを言われるし、もうどうしていいか分からなくなってソファに崩れた時「この方が悪いんじゃありませんよ」と彼女が仲裁に入ってくれたのだ。逃げるように病室に帰ったので、あの場でお礼を言ったかどうかも定かでない。

「あの時も、ありがとうございました」

「そんな前のことといいのよ。この前、病院の駐車場ですれ違ったわよね。まだ通院しているの?」

「月に一度ですけど」

「私は三ヵ月に一度。でも、いつも待たされてうんざりなの。どうして予約制にしないのかしら。せっかくのお休みがそれで一日つぶれちゃっていやんなる」

「そうですよね」

思わず返事に力が入る。この人とは妙に会話がスムーズに運ぶような気がした。歳は三十になったかならないくらいか。おっとりとした低い声で、和菓子屋の上っ張りを着て頭には白い三角巾までしているのにおばさんくさく見えない。耳たぶにぽつんと付いた小さいピアスがきれいだった。胸につけたネームプレートに「永瀬」と書いてある。名前も知らなかったんだと思ったら、さっき「上原さん」と呼ばれたことに気がついた。

「私の名前、知ってたんですか」

「うん。入院してると、聞きもしなくても勝手におばさまたちが教えてくれるしね」

ということは、私の病名も知っているに違いない。私も家族も喋った覚えはないのに、入院中いろんなババアから「乳がんなんですってねえ」と言われたから。入院患者にプライバシーはなかった。

「今日はお休みなの？」

「えっと、いえ……あの、今休憩時間ですか？」

「そうよ。どうして？」

「せっかくの休憩時間、つぶして悪いみたいだから」

私の台詞に彼女はふんわりと笑った。

「心配だったし、上原さんとお話してみたかったから来たのよ。でも気を使ってくれてありがとう。嬉しいわ。繊細なのね」

ずぼら故、乳がんを悪化させてこんな結果になった私が「繊細」と言われて、恥ずかしくて真っ赤になった。この人を騙《だま》してはいけないと思い、正直なことを口にした。

「プーなんです、私」

「あら、そうなの」

「もう体は平気なんですけど、なんとなく働く気がしなくて、怠けてるだけなんです」

彼女はそれを聞いて、じっと考える顔をした。軽蔑されたかなと緊張して私はうつむく。さっき、見知らぬばあさんにつかまれたシャツの袖に皺が寄っていた。

「もし、上原さんさえよかったら」

慎重に言葉を選ぶようにして、彼女は言った。

「うちのお店でアルバイトしてみない？　あてにしてた人が急に辞めちゃって困ってたところなの」

「え？　でも」

「今返事してくれってわけじゃないから、考えてみてくれる？」

突然そんなことを言われて私は当惑した。

「でもあの、でも」

「でも何？」

繰り返し「でも」を連発する私を、彼女は微笑《ほほえ》んで見ている。

「私、社会不適応者ですよ」

きょとんと目を丸くした後、彼女はくすくす笑いだした。そして「そんなことないわよ」と何を根拠にかはっきりと言った。

というわけで、とりあえず週に四日、私はその甘納豆屋で働くことになった。とにかく「やっと立ち直ってきたか」と家族と彼氏の喜びようったらなくて、ひねくれ者の私はむっとしたが、それでもまあ、多少頑張ろうという気になってきたことは確かだった。たとえ時給が相場の三分の二ほどの値段でも。

そしてあとで聞いたら彼女はあの店の雇われ店長で、しかも私と歳がひとつしか違わなかったので驚いた。私が幼稚なのか彼女が大人なのか。

私は甘納豆なんか食べないので知らなかったが、その店は全国にチェーン展開している大きなもので、県内の主要なショッピングセンターやスーパーマーケットにも店舗があった。私が働くことになったそのデパートの店は規模的には小さく、店長の永瀬さんと、パートのおばさんと私の三人きりしか店員がいなかった。永瀬さんは近くにある駅ビル店の店長も兼任していて、そことこっちを行き来したり、支部の営業の人と打ち合わせに出たりしてあまり店にいなかった。もう一人のパートのおばさんは最初に挨拶しただけで、私が来ると交代で帰って行くので、やはり顔を合わす機会は少なかった。

では、いつも店に私一人でいるのかというとそうではなく、両隣の和菓子屋とカウンターの中はつながっているので、いつも一緒にいるのは他の店のパートのおばちゃんという、私にとっては最悪な状態だった。

病院だろうが和菓子売り場だろうが、おばちゃんの生態は変わらない。特に和菓子売り場なんてそう混む所ではないので、客が途切れると私はおばちゃんたちに質問攻めにあった。

どこに住んでるの？　歳はいくつなの？　独身なの？　学校はどこ行ってたの？　今まで何して働いてたの？　入院中には絶対答えてやらなかったその手の質問に、不機嫌に見えないよう無理して笑って答えたのは、やはり永瀬さんの顔をつぶしてはいけないと思ったからだ。答えおわった後、満足したおばちゃんたちが長々と自分のことを喋るのも、相槌《あいづち》を打って聞いてるふりをした。

仕事自体はそう難しいものではなかった。最新型のレジの打ち方と、贈答用の箱の包み方がちょっと難しかったくらいで、これは二週間もたつとよその店のおばちゃんたちに助けてもらわなくてもできるようになった。つらかったのは、おばちゃんたちの中で愛想よくしなければならないことと、客に年寄りが多いことだった。

考えてみれば、若い人はそうそう甘納豆なんか買いに来ない。何を買おうか十分も十五分も迷っているじいさんや、やたらと世間話をしようとして帰ろうとしないばあさんに何度キレそうになったことか。この前私の腕をつかんで「出口はどこ」と迫った妖怪みたいなばあさんは、毎日のように食品街をうろうろして店員や客たちにからんでいるし。

しまった、職種を間違えた、と思っても、永瀬さんが誘ってくれたのだから仕方ないし、私の体調を理解してくれて、具合の悪い時は無理しないで休んでいいなんて言ってくれる雇い主が他にいるとは思えなかった。

「ねえねえ、そういえば、上原さんは永瀬さんと、どういうお知りあいなの？」

右隣の羊羹《ようかん》屋のおばちゃんが暇にあかせて聞いてきた。

「入院してる時に知りあったんです」

よく考えもせず言ってしまったら、おばちゃんが興味津々な顔をした。

「入院って、どこかお悪かったの？」

「ええ。乳がんだったんです」

「え？　永瀬さんがっ？」

おばちゃんが素《す》っ頓狂《とんきょう》な声を出すのを私は内心軽蔑しながら、でも顔は笑って言った。

「いえ、私が。それで右胸取っちゃって、背中の肉使って再建手術したりで、ずっと働いてなかったんですよ」

露悪趣味という豹介の言葉が頭を過《よぎ》った。おばちゃんは困惑したように眉をひそめながらも、顔には明らかに「いいこと聞いた」と書いてあった。明日にはきっと、和菓子売り場中にこの話は広がっているだろう。

「まあ、若いのにつらい思いされたのね。でも頑張ってて偉いわねえ」

「いえ、ちっとも頑張ってなんかいませんよ」

「ところで、永瀬さんはどうして入院されてたのかしらね」

さすがおばちゃん。聞けることは根ほり葉ほり聞いとこうなんて立派。

「私は知りません。面と向かって聞くのもなんかデリカシーないじゃないですか」

厭味で言ってやったのに「そうよねえ」とおばちゃんは笑顔で頷いた。

そういえば、永瀬さんは何の病気で入院していたのだろう。興味がないわけではないが、本人が言わないってことは言いたくないのだろうと私は思った。だいたい私は彼女がどこに住んでいるのか、独身かどうかも知らないのだ。

そこでポケットに入れてあったPHSが鳴った。店が地下にあるので携帯の電波が入らず、常に連絡がとれる状態にないとうるさい豹介が地下に強いピッチを買ってくれたのだ。

「ルンちゃん、今話せる?」

「うん。お客さんいないから大丈夫」

「今日うち来いよ。この前言ってたステーキ焼いてやるから」

「わーい、じゃあ終わったらすぐ行くね」

今まで仲良さげに喋っていた羊羹屋のおばちゃんが、冷たい目をして離れていくのが見えた。

翌日、私は永瀬さんに「終わったらご飯でも食べに行かない?」と誘われた。もしかしたら家庭でももっているのか、彼女は閉店時間になると手早くレジを締めて帰って行ってしまっていたので、まだ私たちはお茶すらも一緒に飲んだことがなかった。だから誘われたことがすごく嬉しくて、豹介と会う約束があったけれどそれをドタキャンして私は彼女と街に出た。

彼女はほとんど外食しないというので私が店の選択を任され、たぶん奢《おご》られそうな気がしたので高い店に入るのは気が引けて、豹介とたまに行く値段のわりには小洒落《こじゃれ》た洋風居酒屋を選んだ。カウンターの席に座ると彼女は開口一番「にぎやかなお店ね」と言った。うるさいって意味だろうかとどきりとする。でも和やかにビールで乾杯して、しばらく罪のない誰かの噂話なんかを当たり障りなくした。

「春香ちゃん、仕事は慣れた？」

二杯目のビールを頼んだタイミングで永瀬さんはそう聞いてきた。

「ええと、ぼちぼちです」

「体の具合はどう？」

「それもぼちぼちですねえ」

笑わせようとして言ったのに、彼女は表情を変えずに煙草に火を点けた。何か言いたそうだなと思ったら、案の定彼女は意を決したように口を開いた。

「乳がんだったんですってね。お隣の店の人に聞いたわ」

勤務中に彼氏とピッチで話したり、時々栗甘納豆をつまみ食いしていた私は、勤務態度について注意されるのかと思っていたので、その話で少しほっとした。

「あの、知らなかったんですか？」

「知るわけないじゃない」

責める口調で永瀬さんは言う。

「すみませんでした。入院してる時、私の病名、知れ渡ってたから、当然永瀬さんも知ってるのかと思ってて」

しゅんとして私は謝る。

「謝らないで。でも言ってくれたらよかったのに。おばちゃんたちの噂話からじゃなくて本人から聞きたかったわ」

「すみませんでした。知ってたら雇わなかったですか？」

彼女はそれを聞いて、まだ半分も吸っていない煙草を灰皿に押し付けた。

「やなこと言うのね。私がそんな人間に見えるの？」

ごめんなさい、と私はうつむいて呟いた。どうして私はこうも他人をいやな気分にさせてしまうのだろう。

「でも、どうしておばさんたちに話したりしたの？　いい噂の種になるって分かってたでしょう？」

厭味ではなく、本当に分からないとばかりに彼女は聞いてきた。露悪趣味だからと言いそうになって、私は言葉を変えた。

「アイデンティティなんです」

アイデンティティ？　と彼女が訝《いぶか》しげに聞き返してくる。

「乳がんが？」

「そうです。アイデンティティで言いすぎなら、唯一の持ちネタなんです。私、他に特技も特徴もないし」

もっと分からなくなった顔で、彼女は新しくきたビールに口をつけた。そんなにお酒は強くないようで、目元が赤くなってとろんとしてきている。ああ、この人はやっぱりすごく男の人にもてるんだろうなと直感した。

「それで、もう大丈夫なの？」

気を取り直すようにして彼女は聞いてきた。私はなんだか喋りたい気持ちになって、一気に言った。

「それよく聞かれるんですよ。大丈夫かって。面倒くさいから大丈夫って答えてるんですけど、何がどう大丈夫なのか、私にはよく分からないんです。胸取って再建手術して、転移の心配もそんなにはないらしいんですけど、それだって確実なことじゃないし、今でもホルモン注射打っててそれのせいでめまいとか吐き気とかいろいろあるし。まわりの人はもう終わったことなんだから忘れろって言うんですけど、私には全然終わったことじゃないんです」

息をついてビールを一口。飲んだらもっと具合が悪くなることが分かってるのに。

「もう働ける体です。だからがんのことなんか忘れるように努力しないといけないんでしょうけど、たとえば、今、偽のおっぱいの中が痒いんです」

「え？」

「再建手術した時、皮膚をこう、ダーツみたいに折り込んで縫ったところがあるんですけど、時々体がほてってそこが痒くなるんです。でも体の中だから搔《か》くに搔けなくて。我慢できないことはないんですけど、つらいです。これは大丈夫なうちですか」

私がいきなりまくしたてたので、永瀬さんは面食らって固まっていた。けれどフウと息を吐き「ごめんなさい」と私に言った。

「あ、違うんです。責めたわけじゃなくて」

「いいの。少し分かるわ。ちょっと違うんだけど、私、山芋のアレルギーなのね」

潤んだ瞳で彼女は言う。私が男だったらイチコロだよなと思いながら、私は話の続きを待った。

「もちろん食べないように気をつけてるんだけど、この前、外で食べたお肉のたれにトロロが入ってたみたいで、食べたあと、口の中にガーッてじんましんが出ちゃって、それがどうも食道の中までずっとできちゃったみたいでね。痒くて死ぬかと思った」

「うわー、食道の中は搔けないですよねー」

声を合わせて私たちは笑った。永瀬さんがやっとくつろいだ顔をみせてくれて私は嬉しくなる。

「そうだ、私、羊羹屋のおばちゃんに、永瀬さんと入院中知りあったって、うっかり言っちゃったんです。そしたら永瀬さんは何で入院してたのか知りたがってたみたいで……すみませんでした」

「春香ちゃんの噂と一緒にそれも広まってた」

薄く笑って彼女は言う。

「あー、ごめんなさい」

「いいのよ。私も別に隠してたわけじゃないから。私のは春香ちゃんには申し訳ないくらい、どうってことない病気。卵巣嚢腫《のうしゅ》っていうんだけどね。手術はしたけど、もう何でもないし、子供だって産めるらしいし、それこそもう終わったことよ」

テーブルに置いたグラスの縁を細い指の先でなぞりながら彼女は言った。そんな仕種をもし私がしたって決してアンニュイには見えないだろう。もし独身だとしても、彼女には絶対恋人がいるだろうなと私は思った。しかも豹介みたいなチープじゃない男が。

「そう珍しい病気じゃないのに、前にいたお店で、あなた美人だから男遊びがすぎたのかもね、とか言われたわ。冗談だったんだろうけど、残酷なこと言う人っているわよね」

きれいな人は自分で自分を美人だと言ってはいけないと常々思っている私は、そこでちょっと引っかかった。詮索はやめようと決めていたのに、つい意地悪な気持ちがこみあげてきて私は尋ねた。

「永瀬さんは恋人いるんですか?」

「恋人じゃないけど、旦那様はいるわよ」

やっぱり既婚者だったのか、と少し私はしらけた気持ちになった。でも、ここでしらけるのはひがみ根性だよなと私は反省する。

一人であれこれ考えていた私の横で、彼女がつまらなそうに黙り込んでいることに気づき、私は何か話題話題と思って、プラナリアの話をすることにした。

「永瀬さんって、次に生まれてくる時は何になりたいと思いますか？」

「急に何？　来世なんかあるのかしら」

「あったとしたら」

彼女はうーんと考え込む。鳥かな、イルカかな、猫かな、と呟いては首をひねっていた。

「私はプラナリアになりたいんです」

「プラナリア？　あの半分に切っても元に戻っちゃうナメクジみたいな奴？」

「うわ、知ってる人に初めて会った」

嬉しくなって私は興奮する。なんでまた？　と聞かれて、私はこの前の飲み会で先に言われてしまった答えを話した。

「きれいな小川の石の下にいて、別に可愛くないから注目もされないで、何にも考えずに生きていられるんですよ。しかも切られても再生しちゃうなんて、死ぬ恐怖がないってことですよね。セックスなんかしなくても、放っておくと育って二匹に分かれるっていうのも簡単でいいし」

「うーん。でも、寿命がくればひからびて死ぬんじゃないかな」

「え？　そうなんですか」

「さあ。私はテレビで見ただけだから、よく知らないけど」

あ、そのテレビ私も見ました、と言おうとした瞬間、彼女は口を開いた。

「やっぱり、次生まれてくる時も私は私がいいな」

全身から喜びがしゅるしゅると抜けていく気がした。それはよほど今までの人生に恵まれてきたか、そうでなければ、ただのきれいごとに私には聞こえた。そして「うさんくさ」と永瀬さんに対して感じてしまった自分に嫌悪感が襲ってくる。どうして私はこんなにひねくれているんだろう。人には人の考えが、自分とは別にあるのだと考えられないのだろう。

案の定、永瀬さんはその店の勘定をもってくれた。ごちそうさまでした、と私は言い、また飲みましょうねと永瀬さんは笑った。

少しくらい違和感があってもこの人はいい人で、私の憧れの人であることは変わらない。まったく違和感を感じない他人などこの世に存在するわけがないのだからと、私は一人になった夜道を歩きながら自分に言い聞かせた。

こんなことで、へこんではいけないと。


しかしそのいやな予感は、予想以上に早く現実となって私の元に届けられた。

翌週、バイトが休みの日、豹介もレポートの提出があって会えないというので、なんだか妙にほっとして、親が仕事に出払った静かな家でごろごろしていたら私宛に宅配便が届いたのだ。

差出人は永瀬さんで、大きさはそうでもなかったがずいぶん重いダンボール箱だった。週に四日、店で顔を合わせているのに、なんでわざわざ宅配便なんか送ってきたのかと首を傾《かし》げながらガムテープを剝《は》がす。

中から出てきたものは合計六冊の本だった。しかも全部がん関係の本で、思ってもみなかったものを手にし、私はしばし呆然《ぼうぜん》とした。

その中の一冊は芸能人の闘病記で読んだことがあるものだったが、あとは医学書に近い分厚い本だった。乳がんの専門書らしい本を一冊手にとってめくってみると、いきなり胸を筋肉からごっそり切除された生々しい写真が目に飛び込んできた。思わず閉じたが、気を取り直してもう一度おずおずとめくってみる。写真が載っているページだけざっと見てみると、いろいろな手術後のえぐい写真が淡々と並べてあった。乳房温存手術や再建手術後の写真も沢山あって、私と似ているものは一例しかなく、様々な方法があるのだと私は改めて知った。でも極めつけは、何も治療を受けずに十年ほど放っておいた乳がんの写真で、そのむごさに乳がん患者である私でさえも直視できずにすぐ本を閉じてしまった。

本の他に大きめの茶封筒も同封されていて、もういやだったが見ないのも気になるので意を決して開けてみる。その中にはがんの本とは対照的に、明るい色でカラー印刷されたコピー用紙の束が入っていた。

一枚目を見てすぐ分かった。それはプラナリアの拡大写真だった。めくっていくうちにどうやらそれはインターネットのホームページを印刷したものだというのが分かってきた。そのうち、紙の束の中から薄い花柄の封筒が落ちた。永瀬さんからの手紙だった。

それは便箋一枚の簡単な手紙で、親戚に乳がんになった人がいたのでその人が集めた本を貰いました、インターネットでプラナリアのことも調べたので送ります、と書いてあった。

そして追伸として、店にいる時に携帯電話を使うのと、商品のつまみ食いは控えてくださいとあり、自分の顔らしい似顔絵と「また飲みに行きましょう」とハートマークまで添えてあった。

脱力した。私は床に散らばった本と紙の束の中にぺったり座り放心していた。

こういう場合、感謝の気持ちをもたなければいけないのは分かっていた。永瀬さんが意地悪でこんなことをするとは思えなかったので、彼女は親切心で私に必要と思われる資料を送ってくれたのだ。

これが彼女のやり方なのだろう。人の好意の表わしかたはいろいろで、理解し感謝していかなければいけない。まるで、ついでのように書かれた勤務態度の注意も、面と向かっては言いにくいのでこんな形で伝えてきたのかもしれない。そう考えると、案外気の弱い人なのかもと思える。でも、私の中にふつふつと湧き上がる感情は感謝とは正反対のものだった。いけない、と思いつつも自分で自分の感情がコントロールできない。

今すぐ店に電話をしてやるか、それとも店まで車を走らせて、彼女に会ってこの感情をぶつけてやりたい衝動にかられた。けれど、かろうじて私はそれを堪《こら》えた。今は頭に血が上っているが、明日になれば冷静になって感謝の気持ちも湧いてくるかもしれない。彼女の親切心を素直に受け入れられるかもしれない。

それでも、本やプラナリアの資料を読む気にはなれず、私はそれをダンボール箱に無造作に戻し、押入に突っ込んだ。

まだ夕方にもなっていないのに私は携帯の電源を切ってベッドに入った。幸い誰もいなかったので子供のように大きな声を上げて気が済むまで泣き、そうしたら程よく疲れて、ぐっすりと眠ることができた。

それから私はバイトを二度無断欠勤した。どうしても行く気になれず、せめて仮病でも何でも使って適当に電話をしておけばよかったのに、それさえする気になれなかったのだ。頭は冷えたが、それと同時に無理して出していたやる気のリバウンドがきて、何もかもが億劫《おっくう》だった。

豹介にされるがまま化粧をされて、連れられて来た大学近くの居酒屋で飲んでいると、携帯が鳴った。出るとそれは思った通り永瀬さんだった。

具合でも悪かったの、と遠慮気味に問われて、私が「辞めたくなっただけです」と言うと彼女がものすごくびっくりした声を出した。

「辞める？　どうして？」

私は豹介たちと囲んでいた大きなテーブルを離れ、トイレへ向かう通路に移動しながらなるべく馬鹿っぽく聞こえるように言った。

「うーん、やっぱり立ち仕事だし、ちょっとつらいんですよねー。お客も年寄りばっかで地味だし、時給も安いし」

一瞬絶句した後、永瀬さんは怒りを押さえているせいか殊更優しく聞こえる声を出した。

「だからって電話一本入れないなんて……みんなどれだけ困ったか分かってるの？　あなたのこと、あてにして私はお店任せてたのよ」

左耳にノイズの混じった彼女の大人な声。右耳には学生たちが飲んだくれている大声が響く。きっと彼女にも聞こえているだろう。

「とにかく、もう辞めます」

「そんな無責任な人だとは思わなかった。見損なったわ」

堪えきれなくなったのか、彼女の語尾がヒステリックに上がった。

「最初から買いかぶってたんですよ、永瀬さんがー」

「どうして一言も謝ってくれないの？　私たち仲良くなったと思ってたのに」

私が答えないでいると、彼女はやっと思い当たったのか声のトーンを落として言った。

「いきなり本を送り付けたのが癇《かん》に障ったのね？　だったら悪かったわ。私が考えなしだった」

「あー、別にいいんですけどね」

サンダルから出たペディキュアの爪先を見ながら私は言う。足の爪まで豹介がピンクに塗ってくれたのだ。

「私、ああいう本、なるべく読まないようにしてたから。それとプラナリアのことも、調べようとは思ってなかったし」

しばらくの沈黙の後、彼女の大きな溜め息が聞こえた。

「でも春香ちゃん、アイデンティティだって言ってたじゃない。それならどうして調べようとしないの？」

対峙《たいじ》するのがつらいから、と答えが瞬時に頭を過った。爪先から視線を上げると、トイレの前でからみあってディープキスをしているまだ十代らしきカップルが目に入った。その女の子が着ているようなキャミソールドレスは私にはもう一生着られない。

「だって、調べたところで乳首が生えてくるわけじゃないし、プラナリアに生まれ変われるわけじゃないから」

「そんな問題じゃないでしょう？　春香ちゃん？」

私はもう何も言わずに携帯の電源を切った。豹介の隣の席に戻ろうと踏み出した足が震えていたが、なんとかみんなのテーブルに戻るとちょうど話題が途切れていたところらしく、誰かが「春香さんは何でプーなんすか？　働かないんすか？」と明るく聞いてきた。

「うん。私、乳がんだから」

座るか座らないかのうちに私がそう言ったので、豹介が思い切りこちらを睨んだ。今日は彼の同級生たちとの飲み会で、そのことを言い出したらもう絶対別れるからな、と豹介に釘を刺されていたのだ。

私は一回下ろした腰をすぐに上げ、静まり返ったテーブルを離れた。広い店なので酔いが回っている私には方向が分からなくなってしまって、通りかかった店員の袖をつかまえて「出口はどっちですか？」と聞いた。アルバイトらしい店員の女の子はちょっといやな顔をしてから、遥か遠くの方を指差した。

ネイキッド

ここのところ私は編みぐるみにはまっている。かぎ針で編まれたクマをファンシーショップで見かけて可愛いと思い、手芸屋に行ってみたら毛糸と編み針とその他小物がセットになったキットを売っていた。流行《はや》っているのだ。買って帰って一晩でカエルを一匹作り上げた。翌日にまたその手芸屋へ行って、イヌ、ゾウ、ネコと全種類のキットを買った。それも一晩ずつで作ってしまったので、今度は毛糸とフェルトと目玉用のボタンをごっそり買った。キットを四体作ってコツが分かったので、今度は自分でデザインしてみることにしたのだ。ところが私には根っからオリジナリティがないらしく、自分で作ったカバがちっとも可愛くない。そこで本屋でポケットモンスターの絵本を買ってきて、ピカチュウから順番にポケモンのキャラクターを作っていった。寝食忘れるほど熱中してプリン、トゲピー、コダック、フシギダネ、ヒトカゲ、ゼニガメ、イーブイまで作ったところでさすがに飽きてきた。そうだ、ポストペットのモモを作ってみようとひらめいて、久しぶりにパソコンを立ち上げてみたらメールが十二通もきていた。

一時私はポストペットという、動物のキャラクターがインターネットのメールを運ぶソフトにはまっていたことがあって、メールのほとんどはそのホームページで知りあった顔も本名も知らない「メル友」からだった。続々とクマだのカメだのハムスターだのが現れて手紙を置いていく。メールの内容はいつもながらどうでもいいようなことばかりだったが、自分のペットにメールのやりとりをさせることに意義があるので期待も落胆もない。しかし今日はその中に「あすかさんちのモモ太郎」というクマがきていた。

内容は、来週の土曜日お中元を買いに新宿に出るのでお昼でも食べませんか、という誘いだった。メールの発信日から数えると、来週の土曜というのは明日に当たる。電話しようかとも思ったが、忙しい身の彼女のことを考えて「何時《いつ》でもどこでもオーケーです」とだけ書いた返事を出しておいた。そうしたら二時間もたたないうちに明日香《あすか》から電話がかかってきた。

「久しぶりねー、元気でやってるの？　メールの返事がないから、忙しいのかと思って電話遠慮してたのよ」

彼女はまだ私が暇な身であることに慣れないらしい。

「忙しくなんかないよ。なんにもしてないんだから」

ほがらかに言ったつもりだったのに、明日香は戸惑ったのか電話の向こうで言葉を失っていた。なんだかこちらが悪いことをしたような気になって、私は言い訳がましく説明する。

いけど」

「実は先週から睡眠時間削ってやってることがあって、メールチェック忘れてたの。仕事じゃな

「何やってるの？」

「編みぐるみ作ってる。ものすごい力作だから見せたいなあ」

返事が返ってこない。また絶句させたようだ。気がつかないふりをして私は言った。

「明日、何時にする？　そっちの予定にあわせるよ」

「イズミンからそんなこと言われる日がくるとはねえ。悲しいやら嬉しいやら」

主婦っぽい溜め息を彼女はついた。待ち合わせの時間と場所を決め電話を切る。私の方は悲しくも嬉しくもなかった。感情はただぽっかりと白いだけだった。

無職になってそろそろ二年になる。最初は「三十四歳、無職」という響きが犯罪者のように思えて恐ろしかったが、それもすぐに慣れた。まったく自分の適応能力に我ながら呆れる。今ではすっかり「三十六歳、無職」に身も心もなじんだ。

二年前、夫から一方的に離婚を言い渡されて、夫の会社で働いていた私は自動的に職も失った。その一連の理不尽な出来事に抵抗しようと、怒鳴ったり泣き落としにかかってみたりしたのはほんの短い期間で、私は自分でも驚くほど淡泊に、慰謝料を貰って籍を抜き、家を出ることを承諾した。あの未練のなさは何だったのだろうと自分でも不思議に思う。

そしてこの、やる気があるんだかないんだか分からない今の生活を、私は自棄《やけ》になるでも鬱に

なるでもなく続けている。ベッドに寝ころんで窓へ目をやると、目の前の高層ビル群が雨にけぶっていた。七月になっても長雨は続いている。

半年ほど前、テディベアとその着せ替え服を縫うことに凝った私は、それを全部明日香の子供にあげていた。この編みぐるみもあげてしまおうと思いついた瞬間に、創作意欲が失せてゆくのを感じた。もともと熱しやすく冷めやすい性格ではあったが、働かないようになってからそれが顕著になっている。責任のない衝動に身を任せるのは気持ちがいいものだ。私は案外幸せなのかもしれないなと思った。

翌日、うちから見えるその高層ビルのレストラン街で明日香とランチを食べた。お子ちゃまにプレゼント、と言って紙袋にごっそり入れた編みぐるみを渡したが、彼女はテディベアの時ほど喜んではくれなかった。

「うわー、パチもんのピカチュウだわ」

無理に気を取り直したようにして、明日香は言った。

「上手?」

「上手上手。そういえばイズミンって子供の頃から、工作とか家庭科が得意だったもんね。でも本当に貰っていいの?」

「作りたかったから作っただけだもん。暇つぶしだよ」

明日香は一応「ありがとう」と言って受け取ってくれたが、明らかに異議がありそうだった。誰かのために作ったものではないし、彼女が受け取らなかったらゴミの日に出してしまおうと思っていたくらいだから、こっそり捨てられても構わなかった。

彼女は幼なじみで、小学校から付き合いが続いている唯一の友達だ。二児の母親で、三年前に下の子が小学校に入ってからパートタイムだった仕事をフルタイムに変えた。仕事に家事に育児にと忙しい合間を縫って、時々こうして会いに来てくれる。以前は私の方が時間を作るのが大変で、彼女がそれに合わせてくれていたのだが今や形勢は逆転した。

「イズミン、また痩せたね」

すっかり病人扱いだ。気を使われているのが丸見えで、こちらの方が申し訳なくなる。

「そうかな。うちに体重計ないから分かんないや」

「顔色もよくないよ」

「化粧してないからでしょう」

真っ白なクロスと本格的な銀のカトラリーでテーブルセッティングされた店の中で、自分がどれほどみすぼらしく見えるかは承知していた。明日香はサマーセーター姿だけれど、きちんと化粧をして髪を結い、襟元には控えめにパールのネックレスが光っている。それに引き替え、私は色あせたボーダーTシャツにウエストがゆるゆるのカーゴパンツだ。最近はもう洗濯機で洗えない服は着なくなった。日々の生活に疲れているのは私より明日香のはずなのに、目の下のクマを隠そうともしない私の方がどう見てもよれよれだ。

「失業保険ってまだ貰ってるの？」

会う度にこうして少しずつ彼女の質問は核心に近づいてくる。

「ううん。とっくに終わってるよ」

「じゃあ、そろそろ少し何かはじめた方が気晴らしになるんじゃない？」

言葉を選んで慎重に言ってくれているのが分かって、私は苦く笑う。

「そのうちね。心配してくれてありがとう。しばらく生活費は何とかなるから」

「お金のこともあるけど、そうじゃなくてさ」

苛立《いらだ》たしげに呟いて彼女は水のグラスに口をつける。どう答えれば彼女が安心してくれるのか分かっていたが、私はわざと違うことを言う。

「編みぐるみは飽きちゃったし。夏に向けて浴衣でも縫ってみようかな」

「消しゴムでも彫れば？」

呆れたように言われて、私は下を向いた。意地悪すれば当たり前だが意地悪な返事が返ってくる。険悪な雰囲気でそれぞれメインの魚を口に入れていると、明日香が何か思いついた顔をした。

「インターネットでホームページでも作れば？　こんなに作品あるんだから」

「作品っていってもパチもんじゃない」

彼女は露骨に溜め息をついた。いくら打っても響かないと判断したのか、今度は母親の笑顔で優しく言う。

「そんなに簡単には立ち直れないわよね。もう言わない。ごめんね」

かつては私の方がいつもお姉さん役で、明日香の仕事や家庭の愚痴を聞いてあげていたのに、いつの間にか宥《なだ》めすかされる出来の悪い妹のようになってしまった。それにしても、私が以前のようにいつもスーツを着て、三回に二回は誘いを断るくらい忙しく仕事をしていないと立ち直ったことにしてくれないのだろうか。これからも会う度にかつての私と比較されて溜め息をつかれるのかと思うと憂鬱だった。

ランチ代は、いいというのに明日香が出してくれた。無職になってからというもの、誰かと食事をすると必ず奢られてしまう。最初の頃はプライドが傷ついたりもしたが、最近は面倒なのでもう抵抗しないことにしている。明日香とて決して裕福なわけではない。彼女がフルタイムで働きだしたのは、夫の給料だけではマンションのローンと二人の子供のこれからの教育費を捻出できないからだ。なのに他人に中元を贈り、無職の友達にはフレンチのランチまでご馳走している。その無職の友達は好きで無職でいるというのに。実は貯金が二千万円あるというのに。そう打ち明けたら、彼女はどんな顔をするだろうか。まあ、人のいい彼女のことだから「老後に備えて無駄遣いしないでおきなさいよ」とでも言うだろう。

またメール書くねと言って私たちは別れ、手芸熱も冷めてやりたいことがなくなった私は時間を持て余し、漫画喫茶に行ってみることにした。

飲み屋街の雑居ビルの二階にあるその漫画喫茶は一番のお気に入りだった。都心の雑居ビルはその時の流行り廃《すた》りでランパブになってみたり十五分マッサージになってみたりするが、最近はワンブロックにひとつくらい漫画喫茶を見かけるようになった。一時しらみつぶしにその乱立した漫画喫茶をまわってみたが、草分けのこの店は蔵書数も多いし店員の態度も丁寧だ。飲み放題のコーヒーも煮詰まっていないし、値段設定がやや高めなので客の年齢層も高い。何より清潔な白いソファがゆったりした間隔で置いてあるのがよかった。私は煙草を吸わないので、より空いている禁煙コーナーに陣取ることができる。

今日は、いつも頭の一、二巻が貸し出し中だった手塚治虫の「ブッダ」があったので、全巻テーブルに持ってきてキープし、私はそれを読みはじめた。コーヒーに口をつけるのも忘れて読みふける。三巻まで読んで集中の糸が切れ、ふと窓の外を見るともう薄暗くなっていた。腕時計をしてこなかったので時間が分からない。トイレに立ったついでにコーヒーをいれ直し、レジの所にある時計を見たら夜の七時になるところだった。

昼寝のサラリーマンは姿を消し、学生っぽい客が増えてきた。そろそろ家に帰ろうか、ブッダの続きを読んでしまおうか、コーヒーをすすりながら考える。昼に久しぶりにまともなものを食べたのでまだお腹は空いていないし、明日も明後日《あさって》も明々後日《しあさって》も何も予定はないのでどちらでもよかった。優先順位がないと物事というのは決まらないものだ。私はぼんやりと漫画の棚を眺める。「めぞん一刻」がずらりと並んでいることに気づき、そういえば学生の頃に連載で少し読んで、結末を知らなかったなと思い、次はあれを読もうと決めた。そうなると一刻も早くブッダを読み終えたくなって私は立ち上がった。結局私は夜中までかかってブッダ全巻を読み終え、徒歩二十分の所にある自分の部屋まで歩いて帰った。途中で酔っ払いにからまれ、さすがに情けない思いをしながら眠りについた。

暇、というのがどういう状態で、どんな感じがするものかを私はこの歳になって生まれてはじめて知ったように思う。退屈とはちょっと違う。退屈だったらいくらでも経験してきた。高校時代、塾の講師に比べてあまりにも下手な授業をする学校の教師の顔を見ながら、大学時代に強引に誘われて行った合コンの席で、輸入販売の会社で働いていた時のだらだら続く会議に拘束された時に、私はあくびをかみ殺して退屈に耐え、聞いているふりをしながら他の有意義な計画のことを考えていた。

無意味と有意義。ずっと長い間、私にはその二種類の時間しかなかったし、それ以外の時間があるなんて考えたこともなかった。

高校時代は受験のことで頭がいっぱいで、大学時代は多少気がゆるんで遊んだりはしたものの、レポートも試験も決して気を抜いたりはしなかった。つまらない優等生だと陰口を叩いている同級生たちが試験前にノートを借りにきても、いやな顔をせずコピーさせてあげた。普段私を馬鹿にしている人たちが、急に低姿勢になって愛想を振りまくのを見るのが内心愉快だった。

大手の企業ではなく中堅の輸入販売と企画の会社に就職したのも、その方が早く一人前になれるに違いないと考えたからだ。思った通り私はすぐにいくつか仕入れの仕事を任された。自分の企画が成功して、利潤という分かりやすい形で返ってくる喜びに私は夢中だった。いくらでもアイディアは浮かんだし、その実現のためなら勉強や接待のために睡眠時間を削ることも苦労だとは思わなかった。それは夫と出会い、会社を辞めて彼の会社で働くようになっても同じだった。私は働くことが好きで、怠けることが嫌いだった。なんともシンプルな精神構造だったと思う。私は迷ったことが一度もなかった。離婚前に夫から「さもしい生き方」と言われた時にも、何を言われたのかまるで理解できなかった。

子供の頃から三十代に至るまでの長い時間、私はそうして充実してきた。その充実が間違いだったとは今でも思わないが、自分の立っていた固いはずの地面が、こんなにも簡単に割れてしまう薄い氷だとは知らなかった。氷が割れて沈んだ水の底で凍え死ぬのかと思っていたら、意外にもそこは暇という名のぬるま湯で満ちていた。そこに横たわっているのは想像以上に楽で、しかも私にはそこから浮上しようという動機や目的が見つけられなかった。

何時間眠ったのか分からないまま、私は今日も目をさます。何月何日の何曜日なのかは新聞もとっていないし、先月からテレビも壊れたままなのですぐには分からない。ラジオを点けるとお昼の番組をやっていた。以前は聞くことがなかったAM放送。続けて聞くようになると、曜日によって同じ時間に同じ人が喋っていてそれが案外嬉しかったりするから不思議だ。

枕元に転がしてある腕時計を取って日にちと曜日を確認する。結婚前に夫からクリスマスのプレゼントとして贈られたブランドもののクロノだ。裏蓋に私の名前が彫ってあるので売ろうにも売れないし、便利といえば便利なので今も使い続けている。

西新宿にある私の古びた1LDKは梅雨の湿気で充満していて、剝がれかけた壁紙の裏側が黴《か》びているのが見えた。築二十年でコンクリートの外壁にはヒビが入っているし、キッチンもサッシもちゃちな作りだが、賃貸ではなく自分のお金で買った自分の部屋だ。夫と住んでいたウォーターフロントの高層マンションよりもはるかにリラックスして暮らしている。離婚して夫の家を出ることになった時、新聞の折り込み広告で見て、ちょうど慰謝料で買える値段だったので衝動的に買ったのだ。後悔はしていないが、その頃の精神状態を振り返るとよほど私は何かに怯《おび》えていたのだろう。家賃やローンを払い続ける自信をなくし、どんなに安普請でも自分専用のシェルターがほしかったのだ。郊外へ出れば同じ値段でもう少しましな物件があっただろうが、都心を離れることは考えられなかった。郊外のマンションでまっとうなファミリーに上下左右を囲まれたら気が狂いそうだった。三十半ばで独身で無職の女が目立たないでいられる場所として、私の選択は間違っていなかったと思う。

十階建ての無骨《ぶこつ》なビルの半分は何かの事務所で、あとの半分は人が住んでいるんだかいないんだか分からない。時々私と同じようにTシャツにジーンズの気が抜けきった格好の人がコンビニの袋を持ってエレベーターを待っているのを見かける。どの人も例外なく挨拶なんかしないし、絶対目を合わさず、まるでラブホテルで鉢合わせたカップルのようにお互いの視界から足早に消えようとする。

今日も外は小雨が降っている。なんだか蒸し暑くて、エアコンを点けてみようかとベッドから起き上がった。毛糸や端切れや漫画雑誌やスナック菓子の袋が散乱する部屋の中からエアコンのリモコンを捜しだし、ドライモードにしてスイッチを入れようとしたら、液晶の数字がみるみるうちに消えていった。電池切れかと仕方なくポータブルラジオに入っていた電池を抜き取り入れ直す。けれどリモコンの小さな画面には何も浮かんでこない。私は力無くリモコンをその辺に放った。エアコン本体に電源を入れるところはないのかと椅子に上がって見てみたが分からなかった。テレビも壊れたままだし、キッチンの電球も切れている。こうやって順番に何か壊れていって、最後には自分が壊れるのかなと他人事《ひとごと》のようにぼんやり思った。修理を頼む気力は湧かず、何もかもが面倒だった。

あんなに時間がほしかったはずなのに、今はその貴重な時間をなんと無駄に使っていることだろう。

社会に出てからずっと、私はとにかく毎日忙しくて少しでも暇ができたらやりたいと思っていたことが沢山あった。夫と一緒に和小物と雑貨の店をやっていたので、日本中の民芸品の工房をまわってみたいと思っていた。本店は浅草にあって外国人観光客も多かったので、お茶やお華の先生を見つけて簡単な体験カリキュラムを作って店でやってみたかった。友人の誘いを断ってばかりだったから不義理をしている人たちとゆっくりご飯を食べたり温泉へ行ったりしたいと思っていた。入会したきり月に一度行けばいい方のスポーツクラブにも行きたかったし、買い物やエステや海外旅行にももっと時間を使いたかった。

けれどいざ本当に暇になってみると、その全ては意味を失っていた。もう私は夫の仕事に手も意見も出すことはできないし、私に会いたがってくれていた人たちは、私個人にではなく「成功している雑貨店のオーナー」としての私に会いたかっただけだったようで、仕事を辞めたらばったり連絡がなくなった。夫がジム通いが好きだったから私もなんとなく体を鍛えなくてはならないような気になっていただけだし、今となってはブランドものの服も、少しでも肌を若く保つためのエステも必要なかった。それに本来私は出不精で、出かけるよりは家で編み物でもしている方が好きだったのだ。

それとも不本意に暇になってしまって、私は混乱しているのだろうか。

十代の頃からの、がむしゃらに前へ前へと、上へ上へと進みたかった気持ちは嘘ではなかった。私は勝ちたかった。ただやみくもに勝ちたかった。でもそれは何にだったのだろう。負けず嫌いだったかつての私は、今は疲れて眠っているだけなのか、それとも最初から無理をしていただけでこの怠惰な自分が本来の自分なのか、それすらも考えるのが面倒だった。

その辺のファーストフードでハンバーガーを食べてから、私はまた漫画喫茶に向かった。特に漫画が好きだというわけではないのだけれど、無職で無目的になったとたん、私は普通の本が読めなくなってしまったのだ。図書館にも通ったことがあるのだが、活字を追って理解し、それを頭の中で映像に置き換えるのはある種の力が要った。本当はテレビが一番楽なのだが、壊れたきりなので今は漫画に走っているというわけだ。しかしその漫画とて、読んでいる時は夢中でも読み終わってみると何の感想も感銘もわいてこない。文字通りの暇つぶしでしかない。

コーヒーをいれ「めぞん一刻」全巻をテーブルの上に置いて順番に読んでいった。途中一度居眠りをし、二度トイレに行き、三度コーヒーをお代わりした。読み終えた時には時間の感覚がまったくなくなっていて、夜十時くらいだろうかと思ってレジの所にある時計を見に行くと夜中の三時を過ぎていたので驚いた。改めて店内を見渡すと、終電を逃した酔客が沢山いた。帰ろうかどうしようか私は迷った。昨日酔っ払いにからまれていやな思いをしたので、明るくなるまでここで時間をつぶそうか。もう二時間もして始発が出る頃には酔っ払いも街から消えるだろう。

軽そうな四コマ漫画のコミックスを取ってソファに戻ると、いつの間にか私の隣の席でも若いサラリーマンが赤い顔で酔い潰《つぶ》れていた。その顔になんだか見覚えがあって、私は立ったままそのだらしない寝顔を見つめた。悪い夢でも見ているのか時折眉をひそめて唸《うな》っている。誰だっけ。仕事で知りあった人だっけなと考えているうちにその男がふっと目を開けた。私と目があったとたん「す、すみません」と反射的にその男は大声を出した。店中の起きている人がこちらを見る。

そのびくついた顔と態度で、こちらも反射的に彼が誰だかを思い出した。

「あ、あれ、泉水《いずみ》さん？」

私は黙って彼の横に腰を下ろす。

「なんでこんな所にいるんすか」

「こっちの台詞よ。なんで人の顔見るなり謝るのよ」

憮然《ぶぜん》として私は言った。彼は私が会社勤めをしていた時ほんの少しの間だけ部下だった男だ。確か五つくらい年下だったか。あまりにも仕事ができなくてよく叱りつけた。それで顔は覚えていたが名前は思い出せない。

「あー、びっくりした。上司に怒られてる夢見てて、目え開けたら泉水さんがいたから」

「悪かったわね」

「で、なんでこんな所いるんですか？　いやーびっくりした。何してんすか？」

聞かれても困る。私が深夜の漫画喫茶で夜明かしをしている経緯を簡潔に説明することはできないし、親しくもなかった男に説明する気もなかった。

「何年ぶりですかね。こんな所で会うなんて運命って分かんないっすねえ。泉水さんも始発待ちですか？」

漫画喫茶というのはどんな時間でも基本的に一人で来る客ばかりなので、どうかすると図書館より静かなのだ。そこに酔っ払った彼の声が響きわたる。何が運命だ。いやな運命だ。恥ずかしくなってきて私は席を立った。

「あれ？　帰っちゃうんですか」

「うるさいよ」

　レジで精算する私にそいつはまとわりついてくる。

「じゃあ僕も出ます」

「あなたはここで始発待ってなさいよ」

「女の人がこんな時間に歌舞伎町《かぶきちょう》歩いたら危ないですよ。タクシー拾ってあげますよ」

　そう言う彼に背中を向けて、私はさっさとドアを開けて外に出た。面倒なので振り切って帰ろうとしたのに、私は階段を駆け下りようとしてよろけ、派手に尻餅をついてしまった。めまいがする。何か体が変だった。

「大丈夫ですか？　へえ、泉水さんでも転ぶんだなあ」

　追いかけて来たそいつに助け起こされて、私は思わず彼の顔を見つめてしまった。童顔で子犬みたいな顔だ。私はどぎまぎと彼の手につかまり立ち上がる。今、何か懐かしいような痛いような変な感情が胸をかすめたのだ。

「腹減ってきたなあ。ラーメンでも食いません？」

　そう言われて私はふたつのことに気がついた。懐かしい痛みはプライドが久しぶりに傷ついたからだった。そして階段でよろけたのは、強烈にお腹が空いていたからだった。

男の名前は小原《おばら》健太といった。ラーメン屋のカウンターで渡された名刺を見てそうだったと思い出した。当時、彼の同期に大原賢一という男がいて、大きい方がオオケン、背の低い彼はチビケンと呼ばれていた。名刺は昔の会社ではなく家電メーカーの子会社のもので、所属はその営業二課だった。

「会社辞めたの？」

他に聞くこともなかったので、私はラーメンをすすりながら聞いた。

「泉水さんが辞めてすぐですよ。後任が泉水さんの百倍厳しい人で、頭に五百円玉くらいのハゲができちゃって。このままじゃ死ぬなって思って辞めちゃいました」

上司が厳しいくらいで死ぬか、と思って黙っていると、察したようにチビケンは割り箸で私を指した。

「あ、今僕のことあめー男だって思ったでしょ」

「思ったよ」

社交辞令を言う必要もなかったので私は認めた。

「いいんですよ。どうせおいらは負け組です。しっぽ巻いて逃げた負け犬っす」

台詞のわりには楽しそうに言う。

「泉水さんはその後どうなんですか。あ、そういえば結婚したんだから、もう泉水さんじゃないんだっけ。新しい名字忘れちゃってすみません。なんていうんでしたっけ？　名前は覚えてますよ。泉水涼子さんでしょ。きれいな名前だなあって最初に思ったから」

チビケンは喋ってばかりいるのでラーメンが減らない。私はとっくに食べ終えて、ポケットティッシュを出して口を拭《ぬぐ》った。

「あ、ティッシュ貰っていいですか」

一枚渡すと彼は派手に鼻をかみ、それをスーツのポケットにつっこんでからラーメンの続きにとりかかった。私は頬杖《ほおづえ》をついてその様子を眺める。安っぽいスーツにゆるめたネクタイ。でも爪はきれいに切りそろえてあった。カウンターの下を覗き込むと、カバンは使い込んで古そうだったが靴は磨いてあった。センスは悪いが手入れはいいようだ。

「で、今はどんな仕事なの？」

彼の質問を無視して私は聞いた。

「顧客サービスですよ。ま、ほとんど苦情処理と修理の人の派遣ですね。自分で修理にも行きますよ。呼ばれて怒られて直して頭下げて。その繰り返し」

「ふーん。そういう才能あったんだ」

「才能とかいうもんじゃないですよ。一応工学部出てるけど」

まんざらでもない顔をしてから彼はどんぶりの汁を最後まで飲み干した。そして改めて私の顔を見、急にもじもじしだした。食べたら酔いが醒《さ》めて、自分で誘っておいてこの状況に当惑しているようだった。

「あのー、質問していいですか」

こちらも食べたら眠くなってきて、あくびをしながら頷いた。

「お家どちらなんですか。なんでこんな時間にこんな所で僕なんかとラーメン食べてるんですか。旦那さんに怒られないんですか」

「うちは西新宿だから歩いて二十分くらいかな。ラーメンは小原君が誘ってくれたから食べたの。一昨年《おととし》離婚してもう旦那さんはいないから、何時にどこで何してようと怒られないよ」

なるべく平坦に聞こえるよう、私は感情をこめずに答えた。それを聞いてチビケンはしばらく固まっていた。もっと説明してあげるのが親切なのだろうが、とにかく眠くて面倒だった。

「そろそろ始発出るんじゃない。今日も仕事あるんでしょ。帰った方がいいよ」

優しく言ってやったのに、彼はまだ目をぱちくりさせている。それでもやや我に返った顔でチビケンは聞いてきた。

「泉水さん、今お仕事は？」

「何にもしてない。無職」

「うそ。なんで泉水さんが」

またかすかに自尊心がきしむ。ごちそうさまと店員に言って立ち上がると、彼が慌てて財布を出した。いいと言うのにまた奢られてしまった。

負け組と彼がもらした単語が、あとになってどんどん自分の中で大きくなっていくのを感じた。粗末な私のパイプベッドで、チビケンが私に抱きつくような格好で眠っている。目が覚めた私は子供にぎゅっと抱きつかれているようで、無下に起きあがることができず仕方なく天井の模様を眺めていた。

ラーメンを食べた後、帰ろうとする私の後を送っていくと言ってチビケンがついて来た。「会社行きたくないなあ」としょんぼりもらすので「一日くらいサボれば」と勧めたら嬉しそうに頷いた。昔、泉水さんに憧れてたんですよ、だから元気だしてくださいよ、と幼稚な慰めの言葉と共に手を握られた。恋愛感情など持った覚えは一度もないのに、手を握られたらいやではなかった。いやではなかったので部屋に上げた。で、そこから先はチビケンが勝手に服を脱ぎだしたので、あーそうか、やるのかと思っているうちに三回もやってしまった。

人肌に触れたのは本当に久しぶりだった。最後に夫とセックスしたのはいつだったか覚えていないし、セックスどころか私はもう何年もキスはおろか、異性にも同性にも手を握られたり肩や背中に触れられた記憶もない。

単純に気持ちがよかった。そしてまだ自分にも性欲があったのだと的外れに感心したりもした。チビケンは鼻先を私の鎖骨にこすりつけむにゃむにゃ言っている。頭を抱えるようにして撫《な》でてやると静かになった。本当に犬みたいだ。

今何時だろうと、彼を抱いた逆の手で枕元に置いたクロノをこちらに向ける。朝の十時を少しすぎたところだった。まだろくに眠っていない。どうせ何もないんだからもう少し眠ろうと目を閉じた。チビケンの頭が肩に重い。私は夫の腕枕で眠るのが好きだったが、こんなに人の頭が重いものだとは知らなかった。

優しい人だったなと私は夫を思い出す。下町の地主の一人息子で、ぼんやりしているところはあったが品のいい人だった。根が明るくて思いやりがあって、辛抱強かった。私と違って決して嫌味や人の悪口を言わない人だった。最初はそういうところが好きになり、やがてそういうところが気にくわなくなった。夫が優しいのをいいことに、私は勝手をしすぎたのだろう。自分が嬉しいことは夫も嬉しいに違いないと思いこんでいた。

負け組。目を閉じると何度もその単語がいったりきたりする。シャワーを浴びた時に洗ったのか整髪料をつけていないチビケンの髪は手触りがよかった。鼻を髪に埋めて匂いをかいでみる。他人の体臭が新鮮だった。

チビケンと私、負け組同士お似合いだと、嫌味でも卑下でもなくすんなり思えた。ただ裸で肌を合わせただけで好意のかけらも持っていなかった男をちょっと好きになってしまうなんて、スキンシップは馬鹿にできない。自分が愚かで可笑しかった。

そこで携帯の着信音らしいメロディがどこからか聞こえてきた。私は携帯を持っていないので彼のものだろう。それがフランダースの犬だったので私は声を出して笑ってしまった。眠りこけている犬を起こそうかどうしようか迷っていると、彼が着信音に気がついたのか目を開けた。勢いよく起き上がり、ここがどこで自分が何をしているのか咄嗟に思い出せなかったようで、私の顔と部屋のあちこちに視線を泳がせ、どこからか聞こえてくる自分の携帯の音にうろたえていた。やがて着信音があきらめたように切れた。

「あ、あの」

「おはよう。会社本当にサボるの？」

「ええと、今日は何曜日だっけ」

そこでまたフランダースの犬が響きわたる。トランクス一枚で彼は跳ね上がるようにベッドを下り、椅子の背にかけてあった背広の上着から携帯を取り出した。床に正座し電話の相手に平謝りしている。痩せた背中から浮き出る骨がひくひくと動いていた。

「怒られた。会社行かないと」

電話を切ると、チビケンは小学生が母親に叱られたようにしょげていた。

「私のせいだね。ごめんね」

「違うよ。泉水さんが謝らないでよ」

もたもたとシャツを着てズボンを穿《は》き、彼はネクタイを締めた。スーツを着ると、とたんに冴えない男に見えた。裸の方が可愛いのになと思いながら、私はTシャツをかぶり冷蔵庫からペットボトルの水を出してコップに注《つ》いであげた。

「ありがとう。泉水さんってこんなに優しかったっけ」

ストレートに言われ、私は笑うしかなくて笑った。寝てしまったせいで諦《あきら》めがついたのか、もう自尊心は震えたりはしなかった。

「また会える?」

「うん。ねえ、テレビとかエアコンって直せる?」

「ものによるけど……壊れてるの?」

チビケンはテレビを点けたり消したりしてその歪《ゆが》んだ画面を眺め、エアコンのリモコンの電池を出したり入れたりして何やら考え込んでいた。品番を手帳に書き込む。そして一枚ページを千切り、携帯の電話番号を書いて渡してきた。

「会社に電話くれてもいいけど、出てることが多いからこっちに連絡してくれる?」

私はメモを受け取り頷いた。チビケンは嬉しそうに笑い、唇に軽くキスをして玄関を出て行った。

彼がいなくなった瞬間、この数時間の出来事がしゃぼん玉のようにパチンとはじけて、現実味を失った。けれどのろのろと戻ったベッドには犬の匂いが残っていた。私はそれにくるまって惰眠を貪《むさぼ》った。


夕方前に電話が鳴り、寝ぼけながらチビケンかなと思って出たら違った。前に仕事で知りあった同業者の男性で、よかったら軽く夕飯でも食べないかと誘われた。暇だし断る理由もなかったので行くことにした。

突然モテ期到来か、と首を傾げながら久々に化粧をし、しまいっぱなしだった夏物のスーツを引っぱり出して着てみたが、いつの間にか全然似合わなくなっていた。美容院にもずいぶん行っていないので髪がもっさりしているからだろう。何もキメて行く必要はないのだと思い直し、いつものカーゴパンツを穿いた。

向こうが指定した店は北青山にある無国籍料理屋で、その店に行くには以前自分の店があった道を通らなければならなかった。きっとわざとだろう。青山通りを東に折れ、さすがに少し緊張しながら歩いて行くと、かつてその店があった場所は最近増殖したアメリカ資本のコーヒースタンドになっていた。もうないとは知っていたが、やはり胸が痛んだ。この路面店舗を借りる保証金は個人では目玉が飛び出る金額だったが、企業にとってはどうということもないのだろう。ここに三号店を出すかどうかで夫ともめた。私は絶対成功すると主張したが、夫は保証金の金額に及び腰だった。

十五分ほど遅れて行ったのに、案の定相手はまだ来ていなかった。先にビールを頼んで飲んでいると「悪い悪い」とちっとも悪いと思っていなさそうな顔で彼は現れた。兵藤《ひょうどう》というその男は、大手アパレル会社がバックについている雑貨チェーン店にアジア系の雑貨の卸しをやっている。確か私と同い年だったが、ちょっと見ないうちにだいぶ太って貫禄がついていた。

「なんだ、ちょっと見ないうちに痩せたなあ」

私と逆の感想を相手は口にした。店員にせかせかと飲み物と料理を注文する。私もかつてこんなスピードで喋っていたのだろうなとぼんやり思った。

「泉水さん、今何してるの?」

社交辞令も世間話もなしで、彼は単刀直入に聞いてくる。

「別に何も」

「いや悪い。実はぶらぶらしてるらしいって噂で聞いたんだ。でね、今日は折り入って頼みがあってさ」

貫禄のついた体に合わせて作り直したのであろう仕立てのよさそうなジャケットから、兵藤は名刺を取り出した。チビケンのものと違って指が切れそうにピシリと白い名刺だった。彼の会社は以前有限会社だったが、それが株式会社になっていた。肩書きが誇らしげに代表取締役になっている。

「泉水さんがフリーだって聞いて、しめたって思ったんだ。今度大きいフロア仕切れることになってさ。和雑貨と食器にも力入れたいんだよ。手伝ってくれないかな」

断られるとはまるで思っていない口振りだった。店舗は私鉄ターミナル駅に来年できる大型テナントビルで、私をマーチャンダイザーとして雇いたいとのことだった。マーチャンダイザーとはバイヤーよりももっと仕事の幅が広く、会社のコンセプトを具体的に形にする仕事だ。商品や店舗のイメージを決め、仕入れの時期や数量を判断し、スタッフに販売の指示をするところまでトータルに手がける。確かに私は会社勤めをしていた頃ヨーロッパの雑貨を扱っていて、夫の会社では和小物を専門にしていたので、どちらの知識も人脈もある。

「でも二年もブランクあるんだよ?」

「泉水さんならまだ取り返せるよ。もう旦那に義理立てすることもないだろ。リベンジ、リベンジ」

リベンジと聞いて、私はぽかんとしてしまった。復讐という発想は全然なかったからだ。でも外野からは私がひどいめにあったように見えたのだと、今更ながら知った。

そういえば私が夫と知りあったのは、兵藤が催した展示会の時だったなと思い出す。私は半分ひやかしで見に行ったのだが、若いのに着物姿の男性がいて目立っていた。何やら真剣に展示品やらカタログやらを眺めていたので話しかけたのがきっかけとなった。彼は昨年亡くなった祖母の家を和雑貨の小売店にしたいと考えていると言った。大正からある古い家だというので、改装しないで藍の暖簾《のれん》なんかを下げて老舗《しにせ》風にしたらどうかとアドバイスしたら彼は目を輝かせた。それがきっかけで意気投合し、結婚して一緒に商売をしようと話がとんとん拍子に進んだのだ。六年勤めた会社に未練はなかった。会社の中のポストという椅子取り合戦より、優しい男の人と結婚できることと、その人と二人で一から店作りをできることの方がはるかに嬉しかった。

「オリジナル手ぬぐいと和ろうそくあったじゃない。あれよかったよ。聞いてみたら旦那のとこじゃもう扱ってないっていうからさ。あれ、うちに置かせてもらえないかな」

私が若いイラストレーターにデザインさせた手ぬぐいと和ろうそくのシリーズを企画した時、夫はチープだと言っていい顔をしなかった。でも押し切って店頭に出してみると予想以上に評判がよく、女性誌に売り込んで紹介してもらったら、地方からも若い女の子が買いにきたし、百貨店からも卸してくれないかと問い合わせがきた。そんなことも、今思えば夫の自尊心を傷つけたのかもしれない。

「ちょっと待ってよ。そんなに話をどんどん進めないで」

私が言うと、兵藤は不本意そうにビールのジョッキを置いた。

「なんでさ。こんなこと言ったら失礼だけど、復帰のチャンスだよ？　これ以上ブランク空けたら、もう泉水さん忘れられちゃうよ」

「だって私、別に小物とか雑貨が好きだったわけじゃないし」

思いがけず正直な言葉が自分の口からこぼれ出た。すると兵藤は向かい側から身を乗り出してきた。

「それなんだよ。あのね、可愛い雑貨好きの子なんて掃いて捨てるほどいるんだけどさ、半端に愛があるとかえって駄目なんだよ」

意外なことを言われて私は彼の顔を見る。

「泉水さんも知ってるだろう。本当にいい物と売れる物は別なんだよ。そりゃ俺だって作家が作ーった芸術品みたいなもん扱ってみたいよ。でもお客の方に見る目がないんだもん。ちょっと見が可愛くて、ワンシーズン使って飽きたら捨てられる値段の物の方が現実的には売れるだろ。売れれば何でもいいってわけじゃないけどさ、売れるもので売っておかなきゃ、これだけはってものに出会った時お金つぎ込めないじゃない」

子供を諭《さと》すみたいに彼は言った。同じようなことを私も夫に言ったことがあったなと思い出す。兵藤の言うことはいちいちもっともだし、偽物のピカチュウなんか作っていては生きてはいけないのは分かっているのに、気持ちが全然動かなかった。

私が乗っていないのが伝わったのだろう、彼は急に無口になった。そして落胆を隠しもせず煙草に火を点けた。

「そんなにショックだったんだね、旦那さんのこと」

「え？」

隣の席で盛り上がっている団体客がうるさくて、兵藤の台詞がよく聞こえなかった。

「そろそろ立ち直ってると思ってきたんだけど、いやなこと思い出させたみたいだな。謝るよ」

そんなことないと言おうとしたが、うまく言葉が出てこなかった。

「いつまでに返事したらいい？」

ほとんど手をつけなかった料理を前に私は尋ねた。

「そうだな。具体的に動き出すのはまだ先だから、九月一日っていうのはどう？　夏休みの宿題ってことで」
もう奢られることには慣れたはずなのに、兵藤の財布から店員に渡された一万円札を見たらなんだか少し不愉快になった。そして私が羽振りがよかった時、何も考えずに明日香や他の友人との食事代を割り勘ではなく、勝手に私が払っていたことを思い出した。奢られる方の気持ちなど考えたこともなかった。

久しぶりに飲んだアルコールのせいで頭痛がしはじめ、ちょうど通りかかったタクシーを拾って家に戻った。すると玄関の前に宅配便の箱が置いてあった。何だろうと思ったら差出人は明日香で、いやな予感はしたが開けてみると私が作った編みぐるみと、前にあげた洋服を着たテディベアが七体入っていた。

「貰っておけばイズミンが傷つかないことは分かっていたけど、やっぱりこれは頂くわけにはいきません。ごめんなさい。うまく言えないけど、休むのと逃げるのは違うと思う。見ている方もつらいです。本当にごめんね」

率直な明日香の手紙を声に出して読んでみる。黙って捨ててくれればよかったのに、友達というのは親切で残酷なものだなと、こめかみをさすりながら私は思った。

でも確かに改めてその人形達を見てみると、なんだかどれも気持ちが悪かった。昔、母親がよく作っていたレース編みのコースターや花瓶敷きに似ている。誰も欲しがらないし、自分でも使わないのに母はぼんやりとレースを編み続けていた。そんな母を憐れんでいたはずなのに、いつの間にか同じことをやっていたようだ。

化粧も落とさず私は服を脱ぎ捨ててベッドに潜り込んだ。まだ少し犬の匂いがした。けれど電話をする気力はなかった。


目を覚ましたら珍しく朝の八時というまっとうな時間だった。しかも幾日かぶりに空が晴れ渡っていて、私は部屋中の窓を開けてベッドパッドと掛け布団を干し、洗濯機を回した。日差しに照らし出されて、部屋があまりにも汚いことに気づき、少し片づけることにした。ゴミ袋を持ってどんどん床に散らかった物を入れていく。昨日送り返されてきた人形もぽいぽい入れて袋をしばろうとしたらピカチュウのつぶらな瞳と目が合った。すると、やはりもったいないような気になってきた。せめて写真でも撮っておこうかと考えたとたん、明日香が「ホームページでも作れば」と言っていたことを思い出す。そうだ、デジカメを買ってきて写真に撮ろうと思いつき、私は新しい暇つぶしを発見してわくわくした。

部屋の片づけも途中のまま、私は電器街まで歩いて行って安いデジタルカメラを買った。それで財布の中身が空になってしまったので、その足で銀行にお金を下ろしに行った。いつものように十万下ろして、吐き出された明細票を何気なく見てぎょっとした。普通預金の残高がほとんどゼロに近くなっていたのだ。以前に比べたら信じられないほど質素に暮らしてはいるが、稼がないで使うだけなら減って当たり前なのに深く考えていなかった。急に買ったばかりのデジカメや昨日乗ったタクシー代がもったいなく思えた。いくら貯金があるとはいえ、考えてみればそれはたった二千万なのだ。普通に働いていれば立派な貯金額でも、この調子で使い続ければ何年ももたない。私が学生の頃から誰よりも真面目に勉強し、誰よりも頑張って仕事をしてきた結果がこの数字だ。どこまで頑張れば一生働かないでいいほどの貯金ができるというのだろう。気が進まなくても、やはり兵藤のところで働くしかないのかなと暗く思った。でも返事は夏が終わってからだ。それまでは考えないでおこうと私は頭を振った。

部屋に戻ってすかさずパソコンを立ち上げた。離婚前に買ったどういうことのないデスクトップで、今までメールとネットくらいしか使っていなかったので気がつかなかったが、よく見るとホームページビルダーが入っていた。マニュアルも読まず、私は適当にインデックスを作りはじめた。

それから私はコンビニに食べ物を買いに行く以外はまったく外出せず、新しい暇つぶしに夢中になっていて、何日たったかも定かでなくなったある夜、玄関のドアがノックされる音を聞いた。宅配便の人や新聞勧誘員ならチャイムを押すので最初は空耳かと思ったが、キーボードを打つ手を止めて耳をそばだてると確かに控えめなノックの音がする。ドアスコープから覗いて見ると、スーツ姿のチビケンがこわばった顔で立っていた。

「どうしたの。チャイム押してくれなきゃ気がつかないよ」

ドアを開けてそう言うと、彼は「こんばんは」と緊張した様子で言った。

「どうぞ入って」

「じゃ、おじゃまします」

この前と打って変わって遠慮した物腰だった。手に持ったコンビニの袋を「買ってきた」とだけ言ってこちらに差し出す。冷えた缶ビールが二本とみぞれアイスが二個入っていた。

「ビールとアイスとどっちが好きか分かんなかったから」

「電話してくれればよかったのに」

「だって電話番号知らないよ、俺」

そういえばそうだった。

「泉水さんには分かんないんだ。俺がずっとどういう気持ちで電話かかってくるの待ってたか」

立ったままのチビケンにパソコンの前の椅子を勧め、私はベッドに腰を下ろす。この前ビールを飲んで頭が痛くなったので、みぞれの方を貰うことにした。

「来ればよかったのに」

「だから分かってないって言ってるんだよ。逆の立場だったらどう？　電話ないってことは泉水さん、俺のこと一回こっきりにしたいんだって解釈するよ。門前払いくらうかもしれないのに平気で来られないよ。ガキじゃないんだからさ」

まったくチビケンの言う通りだったが、電話をしなかったのは単に忘れていただけだったと正直に言ったらもっと彼を傷つけそうだ。

「ごめんなさい。ちょっと忙しかったもんだから」

「迷惑だったら帰るよ」

「迷惑だったら門前払いしてるってば」

やっとチビケンは笑顔を見せた。ビールを開けて缶のままおいしそうに飲む。一本目を一気飲みしてしまうと、二本目を開けて続けて口をつけた。私はみぞれをしゃくしゃくスプーンでつつきながら、こいつアルコール依存気味なのかなと思った。あっという間に二本目も空にすると、彼は「さて」と言って立ち上がった。そして持ってきた大きなバッグから何やら小さなダンボール箱を取り出した。なんだろうと思っていると、中からエアコンのリモコンが出てきた。鞄から電池も取り出し、新しいリモコンに入れる。そしてエアコン本体の下に立ってスイッチを入れると、ベランダの室外機がガタンと音を立ててエアコンが動きだした。黴臭い風が頬に当たった。

「うわ、直った」

びっくりして言うと、チビケンは得意げに肩をすくめる。

「リモコンの電池のところが錆《さ》びて壊れてただけだよ。シーズン終わったら電池抜いとかなきゃ。それとフィルターの掃除もしてね」

「すごーい」

冷たい風がそよそよと吹いてくる。私は急いで開け放ってあった窓を閉めて回った。戻ってくると彼はテレビを動かして、ドライバーで後ろの部分を開けていた。

「テレビも直してくれるの？」

「これはうちのメーカーだから簡単だよ。でもちょっと時間かかるから適当にしてて」

「うわー、ありがとう。ねえねえ、ついでに台所の電球も取り替えてもらっていい？　椅子に乗っても届かなくて」

「いいよ」

「何か手伝うことある？」

テレビの前であぐらをかいて、何やら部品をいじりながら彼は考える顔をした。

「ビール、もう少し飲みたいかも」

「買ってきますとも」

私は財布を持って部屋を出た。近所のコンビニまでたったと小走りに行く。こんなことが嬉しいなんて馬鹿みたいだと思いながらも顔がにやけてしまった。ビールを四本とつまみを買って帰ると、チビケンがテレビを元の位置に戻しているところだった。画面にはスポーツニュースがきれいに映っていた。

「わあ、映ってる」

大きな声で言うと彼は照れたように笑った。

「そんなに感激してくれると来たかいがあったよ。カラーバランスがおかしかっただけだから。

あと ね、埃《ほこり》だらけだったからたまには拭いてね。故障の原因になるから。電球の換えはどこ?」

はいはいと私は買ったまま半年も放ってあった新しい電球を押入から探し出して渡した。チビケンと私はたぶん五センチくらいしか背丈の差はなさそうだったが、その五センチの差で私にはどうしても電球の根本まで手が届かなかったのだ。

キッチンがぱっと明るくなった。そうしたら流しに置きっぱなしになっていたカップラーメンの食べ残しや汚れた皿が白日の下にさらけだされて恥ずかしくなり、私はチビケンを引っ張ってベッドに座らせ頰にキスをした。彼はにこにこ笑って買ってきたビールのプルリングを引いた。

「ほんとにありがとう。助かりました」

「どういたしまして」

使えない奴だという印象ばかり持っていたが、なんて現実的に役に立つ男なんだろう。

「お金払います。リモコンだってただじゃないでしょう」

「いいって。知りあいの電器屋に安く譲ってもらったから。それより忙しかったって、何してたの? 仕事でもはじめたの?」

「ううん。ホームページ作ってた」

「インターネットの?」

「うん。見る?」

パソコンの前にチビケンを座らせて、私はこの一週間で作った自分のホームページを見せた。

「うわー、上手だなあ。なにこのピカチュウ」

「私が編んだの。見つかったら犯罪なのかな、これ」

「売らなきゃいいんじゃないの」

こうして和やかに笑っていると、何だか自分たちがちゃんと付き合っている恋人同士みたいな錯覚を覚えた。

「でも本当によくできてるね。カウンタもすごい数だし。仕事にできるんじゃない」

素朴に感心されて私は複雑な思いをした。ホームページなんて作るのだけはどうってことはなかった。プロや素人の作ったページを見てまわって参考にし、素材を適当に取ってきてつぎはぎすればそれなりに形になる。勝手にあちこちにリンクを張って、ポストペットで知りあったメル友に知らせたら、頼みもしないのに掲示板には誰かしらが書き込みをしてくれた。編みぐるみもテディベアの着せ替え服も「売ってほしい」なんていうメールまでくるから不思議だった。けれど面白かったのは最初だけで、私には他に更新するものもないし、日記を公開しようにも毎日特に何もないので書きようがなく、正直言ってもう飽きはじめていたのだ。

私は椅子に座ったチビケンの頭を抱きしめた。唇を合わせて笑いあってじゃれる。この子が好きだと思った。けれどそれは手芸やネットと同じで、少し夢中になってすぐに飽きてしまうのかもしれない。自分でもその無責任さに呆れるが、野蛮にこみあげる衝動を抑えることができなかった。シャワーも浴びず裸になって、とりあえず一回してみた。

「俺さ、失礼かもしんないけど、会社にいた頃の泉水さんより今の方が好きだな」

彼が直してくれたクーラーをきんきんに入れて、二人で裸のままシーツにくるまっているとチビケンがそう言った。私はちょっと驚いた。

「みんなは早く立ち直って、昔のイズミンに戻ってほしいって言うよ」

「うん。結婚して辞めるって会社で言ってた時、泉水さん幸せそうですげーきれいだったよ。でもその前は、ものの言い方にいちいち棘《とげ》があって可愛くねえ女だなって思ってた」

「この前、憧れてたとか言ってたくせに」

「憧れてたよ、そりゃ。俺なんかと違って勝ち組の人だったしさ」

だった、という過去形が気になったが考えないでおいた。私は何度もチビケンの頭をぬいぐるみのように抱きしめて髪を撫でた。

「どうして離婚しちゃったの？」

くぐもった声で彼が尋ねてきた。私が返答に困っていると、彼は慌てて付け加えた。

「言いたくないなら聞かないよ。ごめん」

「小原君はさ、裸の方がいい男だね」

関係ないことを言ってはぐらかすと、彼は複雑そうに笑った。

「それほめてくれてんの？　そりゃ安物のスーツだけどさあ。営業で毎日暑い中歩かないとならないから何着もいるんだよ。裸じゃ外に出られないし」

気を悪くした様子のチビケンの額に私は唇をつけて黙らせた。

それから週に一度か二度、チビケンは仕事帰りにうちに寄って行くようになった。日曜日にも時々Tシャツとバミューダパンツ姿で現れて、壁紙の剝がれた部分をきれいに糊付けしてくれたり、一緒に漫画喫茶に行って涼んだりした。好きだの愛してるだの一緒に暮らそうだのいつまで無職でいる気だのと言いださないチビケンとの付き合いは楽で、私は何も考えないでいられた。

副都心の夏はアスファルトがフライパンのように熱されて体感温度は四十度以上だとニュースで聞いた。ちょっとコンビニまで行ってもくらくらになる。猛暑の前にチビケンにテレビとエアコンを直してもらって本当に助かった。日があるうちに出かけると倒れそうになるし、日が落ちても気温は三十度を割らない。ネットに飽きた私は二十四時間フル稼働でクーラーを入れ、ぼうっとテレビを眺めるか眠るかしかしていなかった。食欲もなかったが、チビケンが買ってきてくれる冷やし中華やアイスクリームを少しだけ食べて、何とか生きながらえていた。

けれど八月に入って私はとうとう夏風邪をひいて高熱を出した。毎日毎日設定温度を最低にしたクーラーの風に当たっていたのだから当然で、チビケンがいつものように夜やって来た時には三十九度の熱があった。彼は慌てふためいて夜間診療所を捜し、私を担いで病院まで連れていってくれた。貧血もひどいし栄養失調気味で免疫力が落ちていると医者に言われて、私よりチビケンがショックを受けていた。甘くみてると死にますよ、ちゃんとしたものを食べてくださいと医者に脅かされて、彼はそのまま強引に私をタクシーに乗せ自分のアパートに連行した。

都心から私鉄で三十分ほどの所にある彼の部屋は、木造二階建てのボロアパートだったが、まわりに緑が多くて窓を開け放つと風がよく通った。私は彼のベッドに寝かされ、エアコンのリモコンをどこかに隠された。ちょうど夏休みが取れる時期でよかったと言って、チビケンは私の熱が下がるまで会社を三日も休んでそばにいた。上手とは言えなかったが三食食事を作ってくれて、私が暑がるとうちわで扇《あお》いでくれたりもした。彼の部屋は私のところと同じ程度に散らかっていたが、畳の感触が素足に気持ちがよかった。チビケンのあまりの優しさに、私は感謝を通り越して大きな疑問を持った。そこまで親切にされる理由が分からなかったのだ。彼は確かに社会では負け組なのかもしれないが、それなりに整った顔をしているし、当たりも柔らかい。会社での話を本人の口から聞いて想像するところ、上司には可愛がられ、部下には慕われているようだ。女の子に全然もてないことはないだろう。チビケンは私なんかのどこがよくて、こんなに親切にしてくれるのだろうか。

やっと熱が下がった私は久しぶりにシャワーではなく風呂にゆっくり入った。古くてもいつも清潔にしてある彼の部屋の風呂桶《おけ》は気持ちがよかった。そして風呂場のドアの前に体重計を見つけたので試しに乗ってみると三十九キロだったのでびっくりした。もう一度乗っても同じだった。身長一五八センチでこの体重はまずいだろう。きっと体重計が壊れてるんだと自分に言い聞かせた。

その週の日曜日、元気になったからそろそろ自分の家へ帰るとチビケンに言った。すると一瞬寂しそうな顔をしてから、じゃあ新宿まで送って行くと言いだした。これ以上お世話になるのも悪くて駅まででいいよと私は遠慮した。彼の夏休みをまるまる奪ってしまって申し訳なさでいっぱいだった。

真夏の午前十時はもう太陽がじりじり照りつけていたが、駅まで行く途中でチビケンが寄って行こうと言った公園はジャングルみたいに木々がうっそうと生い茂っていて、木陰のベンチはひんやりと心地よかった。

「新宿のあの部屋、よくないよ」

自動販売機で買った缶のウーロン茶を飲みながらチビケンはそんなことを言いだした。

「よくないって言われても買っちゃったもんだし、簡単には引っ越せないよ」

「なんか怨念《おんねん》感じる、あの部屋」

「恐いこと言わないでよ」

笑って言い返したのに、彼は真面目な横顔のままだ。

「なかなか言えなかったんだけどさ」

私の目を見ずそう言ってから彼は黙り込む。一緒に暮らそうとか言われたら、どう返事をしたもんかと私は身構えた。

「泉水さんちにはじめて泊まったあと、俺どうしても気になってオオケンのとこ行ってみたんだ」

「え？」

「オオケン、もうチーフになってたよ。同い年とは思えないくらい立派になっちゃってさ」

彼と同期入社した大原のことを言っているのだと気づいたとたん、私は彼が何を言いたいのかを察した。

「ルール違反だとは思ったんだけど、泉水さんのこと、根ほり葉ほり聞いてきちゃったよ。ほんとに大変だったんだね」

そう広くない業界のことだ。きっと私が夫から離縁された話はすぐに噂で広まったことだろう。噂なんていい方に解釈されるわけがないので、事実よりも相当悪く尾鰭《おひれ》がついていたに違いない。

私が夫から離婚を切り出されたのは、人が勘ぐるような込み入った経緯があるわけではなかった。店を繁盛させようと私ばかりが先走ってしまっただけのことだ。オリジナル手ぬぐいシリーズもポップな柄をつけた和ろうそくも、私が企画した小物は皆評判がよく、安く仕入れられる大量生産の小物も置くようにしてから店の業績は飛躍的に伸びた。この風にのって千駄木に二号店、青山に三号店を出そうと、夫には半分事後承諾の形で認めさせた。けれど、浅草で生まれ育った夫はもっと伝統品を大事にしたがったし、古くからの知人にも彼の両親にも「あんなのを売るなんて物を見る目がない」と嫌味を言われていたそうだ。うすうす知ってはいたが、私は気がつかないふりをした。そのうち私も子供をつくりたかったし、そうなると今までのように朝から晩まで働くことはできなくなるので、早く商売を軌道に乗せて、一円でも多く年商を上げたかったのだ。

店の売り上げは順調だったが、やがて私と夫との仲はぎくしゃくしはじめ、夫の親が投資用に買ったマンションに帰るのが憂鬱になった。いけないと思いつつも私は店に泊まり込むことが増えた。夫のことを金持ちの一人息子だから欲がない、商売ってものを分かっていない、男らしくないなどと僻《ひが》んだことも事実だ。

そのうち夫は恋人を持った。浮気だったらどんなによかっただろう。彼の母親は日舞の先生で、看板を挙げてはいなかったが口コミで若い人に踊りを教えていた。その生徒の一人と彼は恋に落ちた。店に何度か来たことのある女性で、ベリーショートにした髪に不思議と着物が似合っていて、はじめて夫を見かけた時の印象と魅力が似ていた。

あの人と一緒に暮らしたい、金儲けのことばかり考えるんじゃなくて、あの人と豊かな人生をやり直したいと夫が口にした時、彼はもう完全に心を決めていた。土下座され、できる限りのことはするから籍を抜いてくれと頼まれた。泣き叫び、絶対離婚届に判なんか押さないと駄々をこねながらも、私は聞いた時点でもう負けを認めていた。さもしいのはいやなんだ、と夫は言った。確かに私の生き方はそうだった。前へ前へと、上へ上へと脇目もふらず、人の気持ちなど考えずにいくシステムが私の中にはできあがっていて、それを否定されたらもう為す術はなかった。

「余計なお世話かもしれないけど、泉水さん、あんまり変わっちゃってたから心配になってさ。

よかったら、この辺に一緒に部屋借りない？　そしたら俺も少しは安心だから」

どこまでオオケンが知っていてどこまで彼に話したかは分からないが、ものすごく同情されていることは分かった。自尊心が久しぶりにまた疼《うず》いた。もう捨てたはずのプライドなのに。

私もチビケンもしばらく黙り込んでいた。セミの声と土の匂い。チビケンのビーチサンダルの足に揺れる木漏れ日。何を言ったらいいか分からなくて私は混乱した。

「実は知ってる人から、雑貨の店のオープニングスタッフに入らないかって誘われてるの」

頭で考えるより先にそんな言葉が出た。

「あ、そうなの？　すごいや。よかったじゃない」

まるで自分のことのように彼は嬉しそうに答えた。

「でも、やりたいのかやりたくないのか、自分でもよく分かんないのよ」

「そりゃ、いろいろ大変だったんだから、迷う気持ちも分かるけど」

「そうじゃなくて」

思わずきつい声が出てしまった。チビケンは目を丸くする。私は自分がやがて立ち直って、また社会に出て働きはじめるであろうことは分かっていた。疑問を持ちつつもまた前へ前へと進んでいくのだ。それが何故だか分からないがとても悔しかったのだ。転んで怪我をしても、やがてその傷が治ったら立ち上がらなくてはならないのが人間だ。それが嫌だった。いつの間にか体と心に備わっている回復力が訳もなく忌々しかった。

「それに暇じゃなくなったら、小原君にも今みたいには構ってあげられなくなる」

言ってしまってから「しまった」と思った。

「そうか、俺とは暇だから付き合ってんのか」

うつむいて彼は呟いた。

「そういう意味じゃなくて」

「いいよ。分かってるよ。泉水さんがばりばり働きだしたら、俺みたいなしょぼい男には目もくれないよな」

違う、と言ったのにチビケンは立ち上がり、飲みかけのウーロン茶をベンチの横にあったゴミ箱に投げ捨てた。さっき手をつないで歩いてきた公園の小道を帰っていくチビケンの背中に、私は声をかけることができなかった。

人からの電話をこんなにも待ちわびたのは初めてだった。けれど三日たっても一週間たっても十日たっても、チビケンから連絡はなかった。彼の携帯にかけてみようと決心した夜、番号を書いてもらったメモがどうしても見つからなくて、やっと私は諦めをつけた。チビケンの言う通りだったのだろう。もしそうでなければ、彼につながるメモをなくしたりするわけがなかった。

翌日、午前中に電話が鳴って慌てて出てみると明日香だった。何故だかすごく恐縮してごめんねを繰り返していた。最初どうして謝っているのか分からなくてぽかんとしていたが、送り返した人形のことを言っているのだと気がついた。

「いくらメール出しても返信がないから、本気で怒らせちゃったんだと思って」

そんなの全然気にしてないし、せっかくだからホームページを作って載せたのだと私は説明した。それを聞いてやっと明日香は安心したようだ。彼女とは子供の頃から何度も喧嘩したけれど、仲直りできなかったことは一度もない。

「あんな意地悪しといて、頼みごとするのは図々しいんだけど」

明日香はそう前置きをして言った。

「うちの子供の夏休みの宿題、手伝ってくれないかしら」

彼女が言うには、毎年八月の最後の二日間は夫が手伝って工作の宿題を仕上げることになっていたそうだ。それが今年は突然九月にかけて五日間も出張が入ってしまったという。

「明日香、図工とか美術の成績、最悪だったもんねえ」

「そうなのよー。お父さんは手先が器用だけど、私はそういうのまるで駄目で。私も昼間は仕事だし困っちゃって」

明日香の子供たちにはもう五年くらい会っていない。子供は苦手だし、夏休みの宿題は下手でも自分でやるところに意義があるだろうとは思ったが、旦那さんが留守なら気楽だし、何より彼女からの仲直りの誘いなのだと感じて私は承諾した。それに、この不健康な部屋でくよくよしているよりはましかと思った。

子供たちは母親に何故だか取り上げられた、あの編みぐるみを作りたいらしかったが、小学生が二日で作るのはどう考えても無理だ。それよりもっと子供らしいものの方が教師受けするんじゃないかと考えて、私は紙粘土の作り方をネットで調べて明日香の家に向かった。

彼女の家は都心から快速電車で一時間近くかかる街の、建ち並ぶ巨大マンション棟の一室だ。間取りは私が夫と二人で住んでいたマンションと同じくらいで、そこに夫婦と子供二人の四人が暮らしていた。

上の男の子はもう六年生ですっかり大人びていて、私の顔を見るなりきちんと挨拶した。下の凜子《りんこ》という三年生の女の子は恥ずかしがり屋でおとなしく、明日香のスカートの陰に隠れてもじもじしていた。明日香とお茶を飲んでいると、上の男の子はゲームをしようとか算数の宿題もやってくれとか、屈託なく話しかけてくる。下の女の子はただ黙って部屋の隅に座り、ちろちろこちらの様子をうかがっていた。子供というのはなついてきてもなつかなくても面倒だ。けれど二泊の我慢だし、明日香がものすごく喜んでくれているのでいいかと思った。

紙粘土自体は店でも売っているが、そこは創意工夫をアピールしようと古新聞から作ることにした。私が新聞紙を細かく千切っていると、下の女の子がもそもそと寄ってきて小声で言った。

「リンちゃんもやっていい？」

「リンちゃんの宿題でしょ。一緒にやってくれなきゃおばさん困っちゃうよ」

そう言って新聞紙を渡すとせっせと千切りだした。それを水によく浸して大鍋で煮た。一日目はそれで終わり、私は明日香の作ってくれたご飯を子供と一緒に食べた。寝る前に風呂を借りて、脱衣所にあった体重計に乗ってみたら四十一キロあった。

二日目は明日香が仕事に出かけた後、粥《かゆ》状になった新聞紙に強力粉と水を入れてまぜた。これにはお兄ちゃんの方が興味を示し、僕がやると言って懸命にこねていた。粘土が完成したので、私がまず見本で茶碗をラップでくるみ、その外側に粘土をつけて薄くのばした。茶碗を外すとちゃんとその形になっていて、それしきのことで子供たちは大袈裟《おおげさ》に感心していた。

お兄ちゃんは勝手に怪獣だの車だのうんちだの男の子らしいものを作っていたが、妹の方はどうしたらいいか分からないようだった。他の食器を出してきて同じようにやらせたが、あまり上手にはできない。けれど下手なりに可愛い形なので直さないでおいた。お兄ちゃんは友達が呼びに来て遊びに行ってしまったので、私と下の女の子はその粘土にアクリル絵の具で色を塗ることにした。リンちゃんは色のセンスはよかった。茶碗に模様をつけさせたらそれも上手で、絵筆は持ち慣れているみたいだ。そう言ってほめるとはにかんで彼女は笑った。

「ピカチュウ作ってくれたの、おばさん?」

床を汚さないようリビング一面に敷いた新聞紙の上に座り、作った物に色をつけていると彼女がぼそっと聞いてきた。子供と二人きりの部屋の中はひっそりと静かだった。

「あれ可愛かったのに、お母さん、借りたものだからって持って行っちゃったの」

「ほしかったらあげるよ」

言うと彼女は少し考える顔をした。

「あれ自分で作るのむずかしい?」

「そうねえ。かぎ針でなんか編んだことある?」

「ない」

「じゃあ、今度教えてあげる」

ほんと? と彼女は目を輝かせる。

「リンちゃんにもできる?」

「できるできる」

紙粘土に全部色をつけ終わり、お兄ちゃんが帰ってきたのをつかまえて、自分が作った怪獣と車とうんちにも色をつけさせた。お兄ちゃんの色のセンスは最悪だったが、小学生の夏休みの宿題なんてこんなものだろう。

妹は私への警戒心を解いたのか、一緒にお風呂に入りたがり、私と一緒に和室で寝ると言ってきかなかった。明日香は「迷惑だからやめなさい」と怒っていたが、私はとても嬉しかった。子供を持った気持ちというより、私も明日香の子供になった気がした。

夜の九時という信じられないような健全な時間に、私とリンちゃんは一枚のタオルケットをかぶって横になった。枕元の電気を消すと、彼女が枕に顔を埋めて「明日から学校だあ」と小声で言った。

「学校行きたくない？」

「え？　行きたいよ。お茶碗も作ったし、みんなに自慢するんだー」

私はしばし考えて「どうして学校行ってるの？」と天井に向かって尋ねた。そんなことを聞かれても子供の方は困るだろう。でもリンちゃんは即答した。

「楽しいもん。友達に会えるし」

私が絶句しているうちに、彼女はあっけなく眠りに落ちていった。私の腕に両手と足をからめてしがみついている。この暑い中子供にくっつかれて余計暑かったが、いやな気持ちはしなかった。子供の髪からは、夕飯のあとで食べたスイカの匂いがかすかにした。

傍らの子供の体温を感じながら目を閉じると、明日香と過ごした夏休みのことを思い出した。小学生の頃、明日香は小さくてか弱くてよく男の子に苛められて泣いていた。私は明日香を泣かせた男の子をつかまえてとっくみあいの喧嘩をした。けれど、成績表を見せる時にしか笑顔を見せてくれない両親のことで、本当は私の方が彼女の倍は泣いていたのだ。そんな時、いつもそばにいて手を握ってくれたのは明日香だった。

今日で私の夏休みも終わる。この期《ご》に及んでまだ私は兵藤への返事を決められないでいた。友達に会えて楽しいもんと、この歳になったらもう単純には思えないものなのだろうか。チビケンに相談したいと思った。けれどもう嫌われてしまった。彼の部屋を訪ねてみたいが、門前払いをくらうかもしれないのが心から恐かった。そういえば前に彼も同じようなことを言っていた。

友達の娘をぎゅっと抱きしめ私は泣きはじめた。一回あふれ出た涙は次から次へと湧き出して、やがて嗚咽《おえつ》に変わった。子供がそれに気がついて起き上がり、びっくりしているのが分かった。お母さん、おばちゃんが泣いてる、と何故だか自分まで泣き声になって、母親に助けを求めに行く足音がした。

どこかではないここ

娘がもう四日家に帰ってこない。家出ではないことを強調したいのか、一応罪悪感があるのか、毎晩PHSから「今日も友達のとこ泊まるからね」とそっけない報告があるのだが、今晩はさすがに食い下がった。

「いい加減にしなさい。毎晩どこに泊まっているの」

「だから、友達んちだってば」

娘の投げやりな台詞の向こうから、女の子たちの笑い声と駅のアナウンスが聞こえた。どこかのホームにいるのだろう。

「そんなんで納得できるわけないでしょ。とにかく今日は帰ってきなさい」

「うるさいなあ。あー電車きちゃったから切るね。明日は帰るかも」

「かもって何なの？　日菜《ひな》、あなた学校行ってるの？」

私の質問を無視して娘はプツリと電話を切った。本当は今日の昼間、学校へ電話をして娘が登校しているかどうかは確認してあった。担任は「遅刻がちだが欠席はしていない」と面倒くさそうに教えてくれた。遅刻させないよう気をつけますと謝って、担任が何か言いだす前に私はその電話を娘と同じように一方的に切った。高校三年の二学期。娘はもう進学も就職もしないことを学校に宣言してあるので、学校側は問題さえ起こさなければそんな生徒はどうでもいいという対応だ。

「いやー、お袋って怒っても全然恐くないよなあ」

珍しく早い時間に帰ってきていた息子が、ソファに寝転がったままにやにやして言った。

「むっかしからそうだった。駄目でしょ、なんて一応言うんだけど、心から怒ってないじゃん。子供の頃はうちのママは優しいんだな、なんて思ってたけど、実はあんまり関心ないんだって大人になって分かったよ。だから日菜なんかにナメられるんじゃない」

二十歳になったばかりの息子が、シャツの裾から手を入れて腹をぼりぼり掻きながらそう続けた。彼は小さい頃から口数が多く、運動会がいやでずる休みをしたい時も、上級生に苛められて登校拒否になりかけた時もこうしていろいろ屁理屈をこねていた。けれど、それだけに頭の回転はいいらしく、成績は親が感心するほどいつも上位で、現役で有名私立大学に入った。彼もどこに入り浸っているのか、たまに帰ってこない夜がある。そこで風呂場の扉が開く音がした。夫が風呂から上がったようだ。

「周ちゃんもお夕飯食べるでしょう？」

「ちゃんって呼ぶのやめてくれって何回も言っただろう。親父と飯食うのうざいもん。コンビニ行ってくる」

息子は弾みをつけて起き上がり、そのまま玄関へ向かって行った。最近いつもそうだ。たまに早い時間に帰ってきたからと多めにご飯を炊いても、息子はわざわざコンビニ弁当を買ってきて自分の部屋で食べるのだ。父親と顔をあわせたくない気持ちは分かるが、たまには炊きたてのご飯を食べたいとは思わないのだろうか。それとももう、どこか小さな部屋で息子のためにご飯を炊いてくれる女の子がいるのだろうか。

「周一は出かけたのか」

入れ違いで夫がリビングに現れた。まだ七時前だというのにパジャマ姿だ。風呂上がりにくつろぎたいにしても、正直言って気に障る。

「日菜はどうした」

私の返事を待たずに夫は質問を重ねた。

「二人とも外食だって」

「大丈夫なのかな？」

素朴に、心配そうに聞かれて、私は野菜を炒める手を止めた。冷蔵庫の扉の前にかがみ込み、缶ビールを取り出そうとしている夫に、今の台詞をそのまま返してみたくなったがやめておいた。

かといって特に寂しくもぎくしゃくもせず、夫婦二人の夕飯はマンションの部屋に最初からついていた変にお洒落な橙色《だいだい》の電灯の下で淡々と進んだ。子供のいない食卓にはとっくに慣れていた。NHKの天気予報と七時のニュース。酒屋でもらったグラスに注いだビールの泡と根生姜《しょうが》につける八丁味噌の匂い。

「そろそろ冬物のパジャマ出す?」

綿のパジャマが肌寒そうで、私は夫に尋ねた。テレビに顔を向けたまま、うん、と軽く夫は頷いた。横顔が息子とそっくりだった。

洗い物をしてから私も風呂に浸かり、パジャマを着たい気持ちをこらえ、下着だけ換えてさっき脱いだシャツとセーターを身につけた。壁掛け時計を見上げると九時をもうだいぶ過ぎていた。急がなくては。

「じゃあ行ってきます」

ソファの定位置でテレビを点けたまま今夜も放心状態になっている夫に声をかけた。エレベーターでマンションの階下まで降り自転車置き場に行くと、息子のマウンテンバイクが私の買い物用の自転車の隣に置いてあった。コンビニに行くと言ったきり帰ってこなかったので、てっきり自転車で駅の方まで出かけたのかと思っていたのだが、気が変わってどこかへ出かけたのかもしれない。上着も着ないでこの寒空に息子はどこへ行ったのだろう。

私は息子が着て行かなかったフリースのジャンパーのジッパーを顎まで上げて、娘が使わなくなった迷彩色のリュックを背負って自転車にまたがった。そして十月の夜の中を漕ぎだしてゆく。

住宅街を出て、国道沿いの舗道を自転車を漕いでいった。風呂を上がった時はあんなに出かけるのが億劫だったのに、こうして息を弾ませて自転車を漕いでゆくとだんだん楽しい気分になってくる。今まであまり夜に外出することがなかったので余計に新鮮なのかもしれない。こうこうと浮かび上がる自動販売機も、その前でしゃがんでいる塾帰りの子供たちも、パチンコ屋のネオンも、こんな夜更けに完璧なトレーニングウェアでウォーキングしている熟年夫婦も新鮮だった。けれど、そう時間がたたないうちにそれらも見慣れた風景になるのだろう。先週は平気だったのに、今日は両手と耳がきんと冷たかった。子供たちから帽子と手袋を借りよう。そう思いながら交差点を曲がると、そこだけ異様に明るく、安っぽい映画のセットのような安売り量販店が見えてきた。腕時計に目を落とすと、十時まであと五分を切っていた。私は急いで自転車を停め、走って従業員用の出入り口を開けた。入ってすぐそこにあるタイムレコーダーにすばやく自分のカードを差し込む。十時一分前だった。遅刻するとタイムカードに赤く時間が打刻され、それが三回あると一日分のパート代が引かれるのだ。

「加藤さん、かっちょいいジャンパーじゃん」

ロッカー室のドアを開けたとたん、若い子の誰かがそう言った。

「おはようございます。遅くなりました」

「うわ、セーターがさくらんぼ柄」

「アツキオオニシって書いてあるよー。リュックはカモフラだし」

「……娘のお下がりです」

パート先にいる、髪を赤茶に染めぬいた若者たちはみんな同じに見えてしまって、勤めはじめて一ヵ月たっても誰が誰やら区別がつかない。私は鞄をロッカーにしまい、蛍光イエローのエプロンを身につけた。

彼らは唐突に私に興味を失ったかのように、ひとつしかない煙突みたいな灰皿を囲んで自分たちの話題に戻っていった。ちょうど私が来る時間は彼らの休憩時間に当たっているようだ。

足早に売り場に出ていくと、案の定六台あるレジには二人しか店員がおらず、客の列ができていた。

「加藤さん、遅い。早くレジ入って」

フロアチーフの女性に叱られて、私はぺこぺこ頭を下げポスレジの電源を入れた。胸に付けた名札のバーコードを登録していると、あっという間に私の前にも客が列を作った。夜も十時をまわっているというのに、こんなに買い物客がいるなんていまだに驚きだ。この店では生鮮食料品以外の日用品はほとんど何でも扱っていて、最初の客のカゴの中にはシャンプーやら紙オムツやらキャットフードやらコンドームやら雑多な物が放り込まれていた。私は極力お客の顔を見ないようにして（というより見ている余裕がないのだが）商品のバーコードを通していく。戸惑ったのは最初だけで、簡単といえば簡単な作業だった。

週に三日、夜の十時から閉店の午前二時まで、私は時給千円でレジを打つ。専業主婦の私には昼間は突発的に用事ができることがあるので、この時間帯に働くことにしたのだ。時給は昼間よりずっと高いし、自分で決めたシフトをその月全部こなすと皆勤手当として一万円プラスされる。

にぎわっていた店内も深夜十二時を過ぎる頃には落ち着きをみせ、私は時折来る客の精算以外は仕事もなく、ただ広い店内をぼんやりと眺めていた。品出しや在庫管理の店員たちもあちこちで立ち話をしては笑っている。自分の娘くらいの年齢の女の子が、自分の父親くらいの年齢の嘱《しょく》託《たく》で働いているという男性と、まるで友達のように親しげに軽口を叩いているのを不思議な気持ちで見ていたら、目の前にひょっこり社員の男の子が顔を出した。

「加藤さん、そのセーター可愛いなあ」

また言われた。ただ娘が飽きて着なくなったものを、サイズも着心地もいいから着ているだけなのになんでつべこべ言われなければならないのか。でも長年の習慣で私は笑っておいた。

「娘のお下がりなの。そんなに変ですか？」

「変じゃないよ。可愛いって言ったんだよ。聞こえなかった？」

満面に笑みを浮かべた童顔の彼は、男の子といってももう三十代半ばで、確か結婚していて子供が幼稚園に上がったばかりだと言っていた。うちの娘から見たらおじさんの範疇《はんちゅう》に入るだろうが、私にはおじさんどころか男性でもなく「男の子」にしか見えない。

「今日、終わったらみんなで飲みに行くんだけど、加藤さんもちょっと来ない？」

男の子のエプロンについた名札の「浜崎」という文字を見ながら私はまた笑顔を作る。

「そういうのは若い人たちだけでどうぞ」

「何言ってんの。まっつんもサオリンも来るってば」

まっつんというのは嘱託の七十代の松田さんで、サオリンというのはフロアチーフの井上佐織のことだ。ちなみに浜崎はハマーである。ここで働きだしてすぐ、聞いてもいないのに佐織と私は同い年だと誰かが教えてくれた。独身で一人暮らしの彼女は私より十歳は若く見え、所帯がないのだから当たり前だが所帯くささがまったくなかった。私はいくら娘のお下がりのアツキオオニシを着ていても、誰がどう見たって大学生の息子がいる年相応の四十三歳だろう。そうじゃなきゃ、いちいちセーターごときで人があれこれ言うわけがない。

「ねえねえ、一時間だけでもさあ」

ハマーは何故だか食い下がる。

「……朝早いから」

「そっか、お母さんだもんねえ。何時起き？」

「五時半」

「えー、じゃあ三時間くらいしか寝てないの？」

大袈裟に浜崎は驚いてみせる。それにしてもどうしてこの子は私なんかにまとわりついてくるのだろう。もう愛想笑いをする気も失せて私は無反応に目を泳がせた。

「うちの女房に聞かせてやりたいなあ。あいつ、自分が寝坊して、娘の幼稚園休ませたりするんだよ」

「奥様、専業主婦？」

「いや働いてるよ。半分水商売だけどね。だから俺よりずっと稼いでくんのよ。だからさー、なんか俺って立場弱くて」

そこで佐織が通りかかり「浜崎、喋ってないで働け」と叱ってくれたので助かった。しかし半分水商売とは半端な表現だ。謙遜なのかその逆なのか。そういうところも私が浜崎をよく思わない理由のひとつだ。

閉店十五分前になったのでレジを締めた。最初の頃は違算ばかりで怒られたけれど、今日は一円の桁までぴったりあってほっとした。私はパートなので違算がなければ二時で上がっていいことになっている。社員たちはまだこのあと残っている客を帰したり、片づけや反省会をしたりするようだ。

「お先に失礼します」

佐織に声をかけると、彼女は返事をせずに首を傾げてじっと私の顔を見た。何か言いたげだったので無視して立ち去っていいものか戸惑っていると、彼女にしては珍しく少し笑ってこう言った。

「ハマーに気をつけなね」

はい、と反射的に返事をして、ロッカー室でエプロンを外しながら「何を？」と思った。

外へ出るともう閉店しているというのに、店の前では二十歳前後に見える子供たちがたむろしていた。しゃがみこんだり缶コーヒーを飲んだり、腰に手をまわしあってくっついているカップルを私はしばし立ち止まって眺める。その中に娘と息子の顔がないことを確認してから、私は自転車の鍵を外し、深夜の国道を二十分、自転車を漕いで家に戻った。


夫は土日以外は五時半に起きる。郊外のこのマンションから東京の職場まで二時間弱で行けるのだが、夫はラッシュの電車が嫌いで、少しでもそれを避けるために六時に家を出るのだ。

パートから帰ってすぐに寝ても、やはり三時間睡眠はつらい。夫の方は私がパートに出かけた後すぐに眠っているので、そりゃもうたっぷり睡眠は足りているはずだが、晴れやかとは言い難い顔で洗面所でヒゲを剃っていた。

コーヒーをいれてパンを焼く。卵を焼いてレタスを千切る。結婚してから二十一年、夫の朝食のために私も平日は朝五時半に起きている。人に言うと昨日のハマーのように大袈裟に感心されることもあるが、早起きする事自体は好きなのでそれほど苦痛ではない。パートを始めてからはさすがにその翌日はつらいけれど。

「会社の方はどう？」

無口な夫はこちらが聞かないと何も口に出して言わないので聞いてみた。

「うん。だいぶ慣れた。そっちのパートは？」

「慣れたよ。もうあんまり怒られなくなった」

「俺も怒られなくなった」

二人でにへーっと笑って、私はキッチンへ立ち弁当箱にご飯を詰めた。この歳になってまた弁当を毎日作るようになるとは思わなかった。私は昨日の晩に作っておいた煮物や朝イチで揚げた一口カツをみっつの弁当箱に詰める。ひとつは夫で、ひとつは私、もうひとつは私の母親のものだ。

息子が高校生の時使っていたギンガムチェックの布巾で弁当箱を包むと六時五分前だった。夫はＮＨＫの天気予報を見てから立ち上がる。夕方の降水確率六十パーセント。私は弁当箱と折りたたみ傘を夫に渡した。

「なんか新婚の頃に戻ったみたいだな」

少し嬉しそうに夫は言った。私はやっとの思いで微笑んで「そうね」と言った。


夫が出かけて行った五分後、ソファで仮眠をとっていたら控えめに玄関の鍵が開く音がした。目をこすって起き上がると、リビングの扉を細く開けて娘が片目だけでこちらの様子をうかがっていた。昨日息子に「お袋って怒っても全然恐くない」と言われたことを思い出しつつ、こういう時は怒鳴った方がいいのか優しくした方がいいのか、あまりに眠くて判断できなかった。

「そこでパパリンに会っちゃったよ！」

ぼそっとそう言うので、怒るタイミングを逃してしまった。けれど怒鳴らなくてすんだことに安堵もしていた。息子の言う通り私はそれが自分の子供でも、声を荒らげることが苦手だった。

「いいから入りなさい。叱られた？」

「ううん。あんまり心配かけるなって言われた」

入ってきた娘は制服姿で、肩から大きなキティちゃんのボストンバッグを下げていた。言いたいことは山のようにあったが、どこから言ったらいいか分からないし、何を尋ねてもきっと不機嫌になるのだろう。この夏休みに娘が無断外泊をするようになって、苦手な小言を繰り返してきたが、だんだんそのエネルギーが湧かなくなってきていた。どうでもいい、それより眠りたいと思う私は母親失格なのかもしれない。

「今日は学校行くの？」

「うん。お風呂沸かしていい？」

「いいけど」

「ついでになんか食べていい？」

「日菜の家でしょう。食べていいに決まってるじゃない」

何故だか娘はそこでむっとした顔になり、どかどかとリビングを出て行った。優しい言葉をかけると不機嫌になる。注意するともっと不機嫌になる。要するに何を言っても気に入らないのだ。

なんだか馬鹿馬鹿しくなって私はまたソファで横になった。

目をつむったまま娘は不良なのかどうか、私は考えた。髪も染めていないし、流行りの変な化粧もしていないし、制服のスカート丈もいじっていない。でもきっと娘はもう処女ではないのだろうなと私はぼんやり思った。細長くなった首筋や、前髪をかきあげる仕草はもう子供のものではなかった。そう考えると、いったいあの子はどこで夜を過ごしているのか、やはり心配になってくる。パート先にいる高校中退した女の子は、飲み屋やカラオケボックスで知りあった男とラブホテルに行くこともあると、まるで悪びれずに言っていた。他人の子供なら「楽しそうね」と言えるのに、それを自分の娘におきかえるととたんに不安になる。世の中には想像を絶する悪い人間がいる。娘が夜の街でどんな危険にさらされているのかと思うと、部屋に閉じこめて鍵をかけたくなる。まだ世の中に出ていくには彼女は若すぎる。無知すぎる。

日菜は風呂から出るとTシャツ一枚でリビングに戻ってきた。冷蔵庫を開けて、牛乳をパックのまま豪快に飲む。

「どこに泊まってるかだけでも教えなさい」

私は起き上がって娘の背中に言った。

「だからー、友達のとこだって」

「親を馬鹿にするんじゃありません。こっちは本当に心配してるんだから」

「心配しなきゃいいじゃん」

言われて私は絶句する。

「あなたはまだ高校生なのよ。心配するのは当たり前でしょう」

「うるさいなあ。だから帰ってきたくないんだって。じゃあ学校やめて働けば自由にしてくれる？」

「なに馬鹿なこと言ってるの」

返事をせず娘は冷蔵庫を開け、食べるものを物色している。

「お弁当作ってあるから食べたら？」

「だってそれ、おばあちゃんに持ってくやつでしょう」

娘は冷蔵庫から食パンを出し、それをトースターに入れた。

「卵かサラダは？」

「いらない。いいから放っておいて」

ピシャリと言われ、私は首をもんで息を吐いた。確か私がこの子を生んだはずなのだが、そんなことはもう昔すぎて嘘のようだ。実の娘がパート先にいる若者たちと同じように理解不能だった。もう一度ソファに横になり瞼を閉じたところで、私はふと思い出して目を開けた。

「あ、そうだ、日菜」

「何よ。うるさいなあ」

「使わない手袋と帽子ない？」

小言を言われるのかと構えていた娘は「何それ?」と素っ頓狂な声を出した。

「自転車乗る時、手と耳が寒くて」

「そんなの自分で買えば?」

「あなた、たくさん持ってるじゃない」

娘はちょっと考える顔をした。そしてダイニングテーブルからじっと私を見つめる。

「それ、どっかで見たことあると思ったら、私が中学の頃着てたトレーナーじゃない?」

くすくす笑って娘が言った。彼女の笑顔を見たのは久しぶりだ。私は自分の胸からこちらを見上げるクマのプーさんを見て「いけなかったかしら」と呟く。

娘は答えず、残りの牛乳を飲み干す。頭の中の買い物メモに「牛乳」と私は書き足した。


午前中、私は洗濯機を回し家族四人分の洗濯物をベランダに干し、目につく埃を払って掃除機をかけた。そこまでで十一時半になってしまい、私は自転車にお弁当ふたつを乗せて家を出た。

娘が貸してくれた毛糸の帽子と手袋はとても暖かくて嬉しかったが、どちらにもラルフローレンのタグがついていて、いつどうやって娘がそれを手に入れたのか、考えるとまた心配になってしまうので深く考えずにおいた。息子も娘もどこかでアルバイトをしているらしく(どこで何のバイトをしているのかは聞いても教えてくれない)最近自分の服は自分で買うようになった。それならもう小遣いを与えるのはやめようかとも思うのだが、そうすると娘にアルバイトをする正当な理由を与えてしまうことになる。とりあえず息子の方の小遣いはもう二十歳になったのだから廃止しようか。

母親の家までは自転車で行くと三十分くらいかかる。けれど実家はうちから微妙に交通不便な場所にあり、バスと電車を乗り継いで行くとたっぷり一時間かかってしまうのだ。往復の交通費は馬鹿にならない金額だし、自転車で直線距離を行けば時間だって半分で済む。

三日に一度は通っているので、住宅地の中をくねくね曲がり、大きな繊維工場の敷地内を無断で突っ切り、私鉄のガードをくぐっていくと、今日は二十六分で母親の家に着いた。自己最高タイムだ。

「なにをゼイゼイ言ってるの」

縁側で足の爪を切っていた母が、私をみとめてそう言った。

「うん。お水くれる？」

「無理して自転車なんかで来ることないのに」

そうぶつぶつ口の中で言って、母は危なげな動作で立ち上がり家の中へ消えて行った。内心はらはらしてそれを見送り、私は自転車に鍵をかけて玄関を開けた。私が生まれ育った古い家の中はあいかわらず昔のままだが、居間には以前はなかったものがどんと置いてあって、いまだに違和感がある。それは父親の仏壇と、畳の上に置かれたソファセットだ。父が生きていた時には家具調こたつと座布団が置いてあった。

「はい、お弁当」

水をくんできてくれた母の前に、私は布巾でくるんだ弁当箱をふたつ出した。

「どうもありがとう。すみませんね、いつも」

「どういたしまして。お気遣いなく」

殊更他人行儀に頭を下げあって、私はコップの水を一気に飲み干した。

父が突然亡くなったのは二年前のことで、旅先での交通事故だった。母が七十歳になった記念に行った温泉で、父が運転していた車が山の急カーブを曲がりきれず、ガードレールに突っ込んだのだ。父は打ち所が悪く即死で、母は片足の骨を折ったがあとはかすり傷で済んだ。

父は車が好きで運転歴が長く、それまで無事故無違反だった。確かに父は七十五歳で高齢だったが、まったく健康で、疲れても寝不足でもお酒を飲んでもいなかったそうだ。ましてやぼけてもいなかった。目撃者はおらず、母はただ呆然とし、あとは泣くばかりで結局事故の原因は分からずじまいだった。警察が言うには、急ブレーキをかけた跡があるので、猿だか狸だかが飛び出してきたのかもしれないということだった。

長年連れ添った夫の事故死に母はしばらく泣き暮らしていたが、生命保険も下り、体の傷も治ってきて、最近はずいぶんと落ち着きを取り戻していた。私は一人っ子だし、夫もそんな母を一人で置いておくのは心配だから同居してもいいと言ってくれたのだが、母が住み慣れたこの家を離れたくないと言って譲らなかった。かといって築四十年近い平屋に私の一家四人で引っ越してくるわけにもいかず、こうして私がまめに様子を見に来ているのだ。

母が作っておいてくれた味噌汁をよそって、私と母は並んでソファに座り、弁当を広げた。母の右足は事故前のようには動かなくなってしまったので、立ったり座ったりが楽なソファに換えた方がいいと言って夫が買ったのだ。

だが、もう母の足はだいぶよく、ちょっと引きずって歩くスピードは遅いがすぐ近所にあるスーパーに買い物にも行けるし、料理だってできる。だからもうこんな頻繁にわざわざ弁当まで作って持って来ることはないのだが、やめるきっかけを失ってしまっているのだ。夜のパートを始めてからはやはりこちらの体もきついし、これからは四日おき五日おきとスパンを延ばしていこうかとは思っている。

「なんだ、もう離婚すんのかい、あの子たちは」

昼のワイドショーを見ながら母は言った。知人のことではなく、もちろん芸能人のことである。

「辛抱が足りないねえ、若いもんは。そういえば小柳ルミ子はもう離婚したんだっけ？」

「どうだっけ」

「このデビ夫人ってのは、今も誰かの夫人なのかい？」

さあ、と呟いて私は突然襲ってきた睡魔に箸を落としてしまった。ものを食べている途中に眠くて意識を失うなんて子供みたいで、私は慌ててそれを拾う。

「どうしたの、眠そうな顔して」

母には深夜のパートのことは話していなかった。心配させたくないからではなく、あれこれうるさく言われるのがかなわないからだ。

「うん、ちょっと睡眠不足」

「だったら別に来なくていいのに」

それは最近の母の口癖だ。無理して来てくれなくてもいいのに。無理して優しくしてもらっても嬉しくない。昔、娘ばかり可愛がる父親に息子が同じようなことを言っていた。別に僕、お父さんに遊んでもらわなくてもいいもんと。

「加藤さんは元気かい？　新しい職場はどうだって？」

私がむっとしたのが分かったのだろう、母は機嫌を取るように明るく聞いてきた。加藤さんというのは私の夫のことである。

「元気よ。会社もだいぶ慣れたみたい」

「それにしても、あんな真面目な人がリストラされるなんてねえ」

溜め息をついてみせ、母は言った。この春に夫は長年勤めていた製薬会社からその関連の下請け会社に出向になった。それだって母には黙っておこうと思っていたのに、夫と二人でここに来た時、夫が世間話のように「流行りのリストラにあっちゃいまして」と口を滑らせたのだ。リストラが何の略でどういう意味かも知らない母は「娘の夫が会社をクビになった」と認識したらしく、大袈裟に心配しているような顔で、でもまるで芸能スキャンダルのその後のことのように無責任にあれこれ知りたがった。

「給料なんかはどうなの。ちゃんと年は越せそうかい」

基本給も少ないし残業もないから手取りは前の会社の半分で、ボーナスもたぶん出ないので、マンションのローンのボーナス月払いが危ないの。ボーナス月どころか毎月の支払いも苦しくて、貯金を切り崩してしのいでいるけど、来年息子の大学の学費をどう捻出したらいいか分からないの。だからせめて私がパートに出て毎月の食費くらいは稼いでるの。

そう喉まで弱音が出かけたが、好奇心たっぷりにこちらを覗き込む母の目を見ると、やはり言いだす気にはなれなかった。ちゃんと事情を説明すれば母はもしかしたら父の生命保険からいくらかお金を貸してくれるかもしれないが、何故だかそれがとても不自然なことに思えた。

「なんとか倹約してやってますから」

「そうだね。周ちゃんと日菜ちゃんも、結婚させるまではお金がかかるもんねえ。ああ、そういえば吉川さんのお嬢さんが結婚するんだってさ」

吉川さんって誰だっけ、と思いながら私は空になった弁当箱を手に立ち上がる。小さな流し台の前に立ち、それを洗いながら背中で母が「吉川さん」の悪口を言うのを聞いていた。にこにこしてるけど、人のことを小馬鹿にしてる。掃除の仕方が雑だ。役所が持ってくる弁当はおいしくない。と、そこまで聞いて、吉川さんというのが役所から派遣されてきているヘルパーさんだと思い出した。高齢者のために週に何度か家事をしにきてくれるボランティアの人だ。

「そんなに悪く言わなくても」

お茶をいれて母の隣に戻り私は言った。

「あんたはたまにしか会わないから、分からないんだよ」

確かに、と私は頷いた。結婚してこの家を出たのはもう二十一年も前で、それほど遠くに住んでいたわけではないけれど、その間母とは盆と正月くらいしか顔を合わさなかった。だから私は母がこんな人だったのかと、今更ながら驚いているのだ。この世の中でもっとも親しい部類に入る人で、この人のことはよく知っていると思っていたのにそれは大きな間違いだったようだ。私が知っていた母は、こんなに際限なく喋る人ではなかったし、もっと思いやりも忍耐力もあったように思う。父があんな死に方をしたので精神的に不安定になっているのかと最初は思っていたが、どうやら母の性格には根本的に問題がありそうだ。父はよくこの人と長年暮らしてきたなと改めて感心してしまう。よほど人徳者だったのか、よほど何も聞いていなかったのか。

「あんた、そういえば加藤さんとこ、まだ通ってるんだって?」

憎々しげに母は言った。加藤さんとこ、というのは夫の父親が入院している病院のことを指す。私はまた襲ってきた睡魔と戦いながら軽く頷いた。あんたも大変だねえ、と母がみかんの皮をむきながら言った。

昨日の夜はパートもなかったし、ぐっすりとよく眠れた。息子も娘も時間は遅かったがとりあえず家に帰ってきて、朝は普通の時間に（たぶん）学校へと出かけて行った。私は午前中、夏物の服を畳んで押入の中の冬物衣類と入れ替えた。夫のワイシャツにアイロンをかけ、洗濯物を家の中へ干してから出かける支度をする。自転車を出しているとちょうど郵便局のバイクがきて、郵便物を受け取り鞄に入れた。

自転車で十分の駅までの道のり、お昼は何を食べようか考えた。朝、娘が珍しくご飯を食べたのでおにぎりが作れなかった。駅のホームで立ち食いそばでも食べようか。でも急がないと時間がない。ここは郊外というよりは田舎なので、昼間のこの時間に一本電車を逃すと三十分近く待たなければならないのだ。

今日は「加藤さんとこ」へ行く日だ。夫の父親はもう四年近く入院している。きっかけは確か狭心症の発作か何かだったが、入院したとたん義父はあっという間にぼけてしまった。どちらにせよ成人病のオンパレードだったのでそう長くはないはずだったのに、医者の予想が外れまだ彼は生きていた。もう自分の子供の顔も分からないし、病院は完全看護なので誰も行かなくてもいいといえばいいのだが、やはり金だけ振り込んで放っておくわけにもいかない。義母はもうずいぶん前に亡くなっているので、彼の子供たちとその嫁たちで彼の様子を見に行くローテーションを組んだのだ。私はその頃「小さい子供のいない暇な専業主婦」だったので、他の人たちより多くシフトをいれられた。今も五日に一度ほどの割合で、私はこうして義父を見舞う。ＪＲで一時間、そこからバスで十分の所にある病院へ。

駅に着いたらもう電車が来る時間だったので、慌てて駅前のパン屋で焼きそばパンを一個買い、最低区間の切符を買ってホームを駆け上がり、やって来た下り電車に飛び乗った。車内はがらがらに空いていて、私は日が当たっている窓際の席に腰を下ろした。ぽかぽかと暖かい。車窓を流れる町並みを眺めながら焼きそばパンを食べる。水筒に入れてきたお茶を飲み、網棚に置き去りにされていた新聞を見つけてざっと読んだ。ふと眠気が襲ってきたが、前に寝過ごして隣県まで行ってしまったことがあるので寝ないように手で頬を叩いた。

そういえば、と思い出して、出がけに受け取った郵便物を鞄から出してみる。ほとんどがダイレクトメールだった。デパートのバーゲンのお知らせ、夫宛の誰か知らない人からの転居通知、息子宛のレンタルビデオ店からの新作紹介のハガキ。そしてＮＴＴからの電話料金通知の封書を開けて見て、私は眠気がふっとんでしまった。電話料金が四万円台だったのだ。

「何これ。何なの」

思わず一人ごちて何度も明細書を見直す。先月まで五千円を越えたことがなかったので何かの間違いじゃないのかと思ったところで、そういえば息子がこの前パソコンを買っていたことを思い出した。電話線につないだりしていたから、もしかしたらそのせいかもしれない。帰ったら問いつめなくては。こんな電話料金は払うわけにはいかない。とにかく公共料金の引き落としに使っている口座からお金を全部引き出しておこう。

だんだんと畑や丘が増えていく景色を眺めながら私は家計のことを考えた。我が家の貯金はマンション購入時にほとんど使ってしまったので、ほんの気休め程度しかない。それでもまだ夫が前の職場にいた頃は、今思えば裕福な生活をしていた。私自身はそう贅沢できなくても、子供たちにはよその家の子と同じように服やゲームを買い与え、習い事や塾に行かせることもできた。

けれど今は夫の半分になった給料と私のパート代が、やっとの思いで家計を支えている。毎月十五万円のマンションのローン。夫の小遣いは月に二万。息子に月一万、娘に五千円。光熱費約三万、食費三万五千、夫の生命保険が二万。義父の入院費も少し出しているし、その他日用雑貨代は馬鹿にならない。削れるものはとことん削っているが、十二月のローンの返済額は四十万近くで、それで貯金は全滅だろう。

電車の揺れに身を任せながら、私は平凡だなとつくづく思った。結婚してからずっと夫の収入は安定して増えていたので、まさかこんなことになるなんて思ってもみなかった。夫がリストラされてはじめて慌ててパートに出るなんて。本も読まないし遠い国の戦争のことも知らない。かろうじてテレビや雑誌で世の中とつながっている気になっていたが、今は時間がなくてテレビさえろくに見られない。悩みといえば子供と夫と親のことで、今欲しいものといえば、お金と睡眠時間だなんて平凡もいいところだ。

そんなことを考えているうちに電車は目的の駅に着き、私は電車を下りるとすぐには改札口に向かわずホームのベンチに腰を下ろした。なにせ田舎の駅なので、すぐに人の姿は見えなくなる。駅員もそうそうホームなんか見ていないので、私は頃合いを見計らって立ち上がり、何気なくホームの端まで歩いて行った。そして自分の背よりやや高い柵に手を伸ばし、スカートの裾も気にせずすばやく乗り越えて駅の裏手に降り立った。反対側のホームに立ったどこかのおじさんが目を丸くしているのが見えたが、私は知らんぷりでバス通りまで早足で歩き、ちょうどやって来た病院への循環バスに乗り込んだ。これで片道分の電車代が浮いた。

病院に着くと、義父はあいかわらずぼうっとベッドで半身を起こしていた。

「こんにちは」と言うと「こんにちは」と返事が返ってくる。「どうですか」と言うと「どうですか」と彼は言い、「寒くなりましたね」と言うと「寒くなりましたね」と彼は答えた。おうむのように義父は人が言ったことを繰り返すのだ。若い看護婦さんが通りかかり、

「おじいちゃん、最近食欲ありますよー」

と元気に声をかけていった。私は義父の膝のあたりを布団の上からぽんぽんと軽く叩いて笑った。

病院から地元の駅に戻り、スーパーに寄って買い物をして出てきたらぱらぱらと雨が降りだした。今夜はパートなのについていない。もう時間は七時近くで、夫は家に帰っているかもしれない。公衆電話から家に電話をすると、珍しく息子が出た。

「ちょっと周一」

私は思わず大きな声を出した。

「なに、母ちゃん」

　ふざけた声色で彼は応じる。

「あんた、今月の電話代四万円くらいかかってたわよ。パソコンのせいでしょう。そんなお金、お母さん払えませんからね。自分で払いなさいよ」

「えー、俺？　日菜が長電話したんじゃないの？」

「あんたに決まってるでしょう。日菜はあんたと違って自分でＰＨＳのお金も払ってるんだからね。お父さんは帰ってるの？」

　夕方のごった返したスーパーの公衆電話で私はまくしたてた。しかし返事はない。

「聞いてるの？　あんたでもお父さんでも、お米研いでおいてね」

　精一杯怒鳴ってから私は受話器を叩きつけた。今のはちゃんと怒っているように聞こえたかしらと思いながら、自転車に安売りしていた大根やら牛乳やらを乗せて漕ぎだした。

　家に着くと夫がソファで夕刊を読んでいた。パジャマ姿だ。どうやらもう風呂に入ったようで、ほかほかした空気の中でビールを飲んでいた。憤りがこみ上げたが私はなんとか堪えた。「おかえり」と夫は普通に言った。

「周一は？」

「なんか出かけてった。米は研いどいた」

　伝言は伝わっていたが、息子は逃げたようだ。壁の時計を見上げると八時近い。夫はテレビを点けっぱなしにして夕刊に目を落としている。台所を覗いたが、炊飯器が湯気を吹き出しているだけで何の用意もされていなかった。でも炊飯器のスイッチを入れただけでも上出来かもしれないと私は自分に言い聞かす。

夫は亭主関白だというわけではなく、どちらかというと優しく、そして気の弱い人だ。だから頼んだことは素直にやってくれるのだが、それ以上の応用はきかない。だからリストラされたんじゃないかと私は内心思ったりしているのだが、もちろんそんなことは口には出さない。その欠点が彼の美点でもあるからだ。ただ、今の会社に出向が決まってからの夫の落ち込み方は尋常でなく、一時何を聞いても一言も口をきこうとしなかった。ぶすっとしているのではなく、明らかに夫は混乱し放心していた。それでも毎日自分に鞭打つように朝六時に家を出て行った。

その夫がある日、以前の会社のような充実した社員食堂はないし、外食するとどうしても高くついてしまうとぽつりと言ったので私が弁当を作ることにしたのだ。その頃に比べたらだいぶ夫は元気になった。けれど、そろそろここではないどこかを見るのはやめて、私が忙しい時くらいは何か作ろうとしてくれればいいのに。

わざと音をたてて買ってきた惣菜を並べたり漬け物を切ったりしたのに、夫は何も感じてはいないようだった。できましたよ、と声をかけると、夫はテーブルにやってきて座った。自分から口を開くのが癪《しゃく》で私は黙って食事をした。

「今日は親父のとこ、行ってくれたんだっけ」

そのくらいのことは覚えていたようだ。私は意地悪をするのはやめ笑ってみせた。

「ずいぶんご機嫌だったよ。ここんとこ調子いいみたい」

「そうか。いつも悪いな。今度の休みに俺も顔出してくる」

にへーっと笑いあって場が和んでしまった。もっと家計のことや子供のことを考えてほしいと文句を言いたかったのに、どうも夫と話すと怒る気がしなくなってくる。さて、と言って私は立ち上がった。もう時間は九時になるところだ。パートの前に風呂に入っている時間はなさそうだった。

「茶碗、俺が洗っておくよ」

ゴム手袋をして食器洗いのスポンジを持った私に夫が言った。今まで自分からやると言ったことは一度もなかったので私は驚いた。

「ありがとう。じゃあ、お願いしていい？」

「雨降ってんだから、今日は無理しないでバスで行けば？」

夫はにっこり笑ってそう付け加えた。私もつられて微笑みながら「ありがとう」ともう一度言った。帰りの時間にはもうバスはないことに気がつかないところがこの人らしかった。

ビニールの雨合羽を着込み片手に傘を持って自転車に乗ったのだが、それでも店に着くと頭からびっしょり濡れてしまっていた。やはりコンビニに売ってる奴では駄目かと、私は駐車場の警備員が着込んでる本格的な防水コートを横目で見、あれは借りられないのだろうかと思った。しかも雨のせいで時間がかかってしまったので、タイムカードを押したら三十秒遅刻で赤い数字が打刻されていた。これで皆勤の一万円がパーだと思うとがっくり力が抜ける。

「なにー、カトリーヌ、びしょぬれじゃん」

ロッカー室を開けたとたん、女の子が頓狂な声を出した。カトリーヌって誰だ。

「……おはようございます」

「おはようじゃないよ。着替えもってんのー？」

銀色に染め抜いた髪の少女がそう聞いてくる。首を振ると彼女は自分のロッカーをあけて、トレーナーを一枚出してこちらに放ってきた。別方向からは誰かがタオルを放ってきてそれが顔に当たって床に落ちた。私は隅の方でこそこそと着ていたものを脱ぎ、貸してもらったハイビスカス柄のトレーナーに着替えた。

フロアに出ていくと、チーフの佐織が「遅い」と言ってからまじまじと私を見た。

「遅くなってすみませんでした」

「傘持ってなかったの？」

「いえ、自転車で来たから」

頭からタオルをかぶったまま、私はレジの電源を入れる。待ってましたとばかりに客がカゴを乱暴に置いた。後ろのレジにいる佐織の視線を背中に感じる。私はむきになって「ありがとうございました」といつもより大きな声を出した。店が空いてくるといつものように浜崎が私をからかいに来た。

「今日はまたコギャルなトレーナーだねえ。カトリーヌ」

いつの間にかついていたあだ名に私は苦笑する。

「マリアンが貸してくれたんです。雨で濡れちゃってたから」

トレーナーを貸してくれた女の子は確か安藤真理子という名前だったと思い出しながら私は言った。

「似合ってて可愛いよ。カトさんは童顔だから、そんなの着ると俺の女房なんかより若く見えるなあ」

浜崎の台詞より、私はレジから見えるワゴンにある特価の冬物パジャマがさっきから気になって仕方なかった。この前まで三千円台で売っていた男物のフラノのパジャマ。いい色は売れてしまったが、売れ残りが今日はなんと二千円を切った値段でワゴンに出されていて、それの残りがあともう数着になっていた。夫の冬物のパジャマはもうだいぶくたびれている。私はどうしてもあれが欲しかった。

「浜崎さん。特価ワゴンのも社員割引で買えるんですか？」

「え？　うん。何買っても二割引だよ」

「主人のパジャマ買いたいんですけど、お願いしてもいいですか？」

パートは社員割引で商品を買うことができないが、みんな欲しいものがあると社員に頼んで代わりに買ってもらっているのだ。

「もちろんいいっすよ。でもカトさん、本当に家族思いなんだなあ。幸せそうで妬けちゃうな俺」

その台詞が言葉通りに聞こえなくて、しまった佐織に頼んだ方がよかったかも、と私は少し後悔した。


帰りも雨の中自転車かと思うと気が重かったが、家に帰れば暖かい風呂と布団が待っているので行きより憂鬱は軽かった。濡れたままのビニール合羽をもう一度着て従業員口を出、駐車場の隅にある自転車置き場まで小走りに行くと、私の自転車がなかった。客や他の従業員のものや、放置されたままの何台かの自転車の中に私の煉瓦色の自転車はいくら見てもなかった。

ああ、そういえば急いでいたので鍵をかけなかったな。傘も自転車に引っかけたままだったなと思い出して私は深く息を吐いた。私はずいぶん若い時からずっと自転車に乗っているので、盗まれたのは一度や二度ではない。けれど、何もこんな雨の日に持っていくことはないのに。

あるわけがないのは分かっていたが、それでも一応店のまわりをぐるりと回ってみた。一周しても気が収まらず二周した。駐車場の警備員も二時きっかりに帰ってしまうのでもういない。三周目に入ったところで、荷物の搬入口から誰かが出てくるのが見えた。浜崎だった。

「どうしたの、カトさん」

大袈裟に駆け寄って来て、彼は私の両肩をつかんだ。

「なに泣いてんの？」

「え？」

言われるまで自分が泣いていることに気がついていなかった。

「ええと、自転車と傘、両方盗まれちゃったみたいで……」

「うっそ。よく捜した？」

私が答える前に浜崎は雨の中、自転車置き場に走って行った。私は慌てて彼の後を追いかける。

「どんな自転車？　ママチャリ？　名前書いてあったの？」

「名前と住所、ペンキで書いてあります。色は赤茶色で前にカゴがついてて……あの、もうこの辺はずっと捜しましたから」

浜崎はこちらを見ようともせず、何台か置いてある自転車をがちゃがちゃ動かして見ていた。そして私が止めるのも聞かず「ここで待ってて」と言いおいてどこかに走って行ってしまった。

倉庫の軒先にぽつんと取り残された私は、浜崎がテレビドラマに出てくる胡散《うさん》くさい好青年役のように感じられてしらけていた。自転車がないならないで、諦めて歩いて帰るしかない。それならこんな所に立っていないですぐにでも帰りたかった。寒さで指先の感覚がなくなってくるのが分かった。

「やっぱりないや。そこのコンビニとビデオ屋も見たんだけど」

十五分くらい待たされたので、内臓が震えるほど体が冷えていた。店の中に入っていようかとも思ったのだが、それではいくらなんでも、雨の中私の自転車を捜しに出てくれた浜崎に悪いと思ったのだ。

「ありがとうございました。歩いて帰りますから」

「傘もないんでしょう。もうちょっと待ってて帰りますから」

浜崎の台詞に私はしばし返答できなかった。もう十歳若かったら即座に断っているだろう。けれど私はもう大学生の息子がいるおばさんだ。何をされるとも思えないし、何より私はどこでもいいから座り込みたいほど疲れていた。それでも一応妥協案を出してみた。

「傘、お借りできないでしょうか」

「もちろんいいよ。でもあと十分くらいで上がれるからよかったら車の中で待っててよ。送ってくよ。その方がいいって」

いい加減意地をはるのも面倒になって、私は頷いていた。浜崎がじゃらじゃらといつも腰につけている鍵の中の一本で、彼は自分の車の助手席を開けてくれた。私は素直にそこに乗り込む。車のことはよく分からないが、白い高級そうな国産車だった。子供みたいな浜崎には似合わず違和感があったが、車の中には子供向けのカセットテープやぬいぐるみが転がっていたので少し安心した。彼は本当に十分で戻ってきて、エンジンをかけた。私が住所を言うと「なんだ近いじゃん」と笑った。その無邪気な様子にもしかしたら実はいい人なのかもしれないと思い、なんだか申し訳なくなってくる。

雨の国道を車はワイパーをせかせか動かしながら走っていった。いつも通りかかるパチンコ屋や自動販売機の明かりが滴《しずく》に滲んで後ろに飛んでゆく。行きに必死で自転車を漕いできた道が車だとあっという間だった。車は交差点の赤信号で止まった。横切る車は一台もなかった。もういくつか信号を越えるとファミリーレストランがあって、そこを左折したらもうちょっとで家だ。

「明日も五時半起きなの？」

ＦＭにあわせて鼻歌を歌っていた浜崎が尋ねてくる。

「ええ。でも明日は久しぶりに何もないから、夫が出かけたらゆっくり寝るつもり」

送ってもらってあんまり黙っているのも悪い気がして、私はなるべく明るく聞こえるように言った。

「へー、いいなあ。だったらちょっとお茶していかない？」

そう言われるかもとは思っていたので、私は動揺したりはしなかった。

「送ってもらって有り難いけど、さすがにちょっと疲れちゃって」

正直に私は言う。そこで信号が青に変わって浜崎は乱暴にアクセルを踏み込んだ。急にかかった重力と彼のにやけた横顔に背中がひやりとする。私は夫のパジャマが入った鞄を胸に抱きしめた。

「少しドライブしようよ」

　こちらを見ずに浜崎は言う。展開があまりにも思った通りなので、私は恐いと思うのと同時に落胆もしていた。くだらない。この男は出来の悪いドラマの見すぎなのだ。私はただ黙っていた。彼は私が最初に教えた左折する交差点を無視してまっすぐ進んでいった。高速道路の入り口の看板が見え、だんだんまわりにラブホテルが増えてきた。そんな状況なのに私は娘もどこかでこんな目にあっているのではないかとふと思い、それどころではないのに娘が心配になってきた。

「五時半までには送っていくから安心してよ」

　私が反抗しなかったのに気をよくしたのか、得意げに浜崎は言った。私は少し笑ってみせる。自分にもまだこんなことが起きるのかと思うと不思議な感じがした。主観ではおばさんでも、客観的に見たらおばさんだからこそ誘いやすいのかもしれないとはじめて気がついた。彼は迷う様子もなくいくつか建ち並ぶホテルの一軒に車を入れる。

「ここはよく来るの？」

　自分でシートベルトを外しながら私は聞いた。

「よくってほどでもないけど」

　けど何よ、と胸の内で言いながら私はドアを開けて車を下りる。さすがに緊張した。浜崎が先に入り口に向かって歩いて行く。手を引かれたり無理にキスされなかったことに私は感謝した。ハマーは別に危険人物ではなさそうだ。単に助平なだけだろう。

ポケットから出した防犯用のベルの紐を私はそっと引っ張った。暗い駐車場の中に、大音響でベルの音が響きわたる。浜崎は何の音だか分からないようで、おたおたとあたりを見回した。すぐにホテルの従業員が扉を開けてやってくるのが見えた。私は浜崎を指でさし「痴漢です」とはっきり言った。

結局一睡もせず、でも何事もなかったかのように弁当と朝食を作って夫を送り出した私は、洋服のまま布団に速攻戻った。午前中いっぱいは寝ようと思っていたのに、まず十時に母親からの電話で起こされた。

「なんだい、あんた寝てたのかい。呑気でいいねえ」

私の寝ぼけ声を聞いて母は言った。

「今日は来ないのかい」

「ああ、ごめんね。ちょっと疲れちゃって。明日は行くから」

そう言って電話を切ろうとすると、受話器の向こうから母のすすり泣きが聞こえてきた。

「あんた以外に誰があたしの話を聞いてくれるんだい。あんたまであたしを見放す気かい」

嗚咽と共に訴えられた。またかと思って私はこめかみを揉んだ。最初はびっくりして母のところに飛んで行き「そんなつもりはない」と必死に慰めた。けれどこれで何度目か分からない。母には悪いが、そう言われれば言われるほど本当に見放したくなってくるのだ。

お父さんは勝手なことばっかりやって勝手に死んじゃって一人ぼっちにされちゃって、お父さんのお世話があったからこの歳まで働いたことないから友達なんかいなくって、この先どうしていったらいいか分からないと母は涙ながらにいつもの愚痴をこぼした。

「じゃあ、一緒に暮らす？」

「あんたんとこみたいな小さいマンションで、今更肩身の狭い思いをして暮らしたくないよ。いつも言ってるだろう」

同じ問答を何度繰り返したことだろう。とにかく今から行くから、と言えば収まることはもう分かっていた。飛んでいけば母はけろりとして「無理して来てくれなくてもいいのに」なんて言いながらお茶を出してくれるのだ。

いつか私もこうなるのだろうか。自分の娘に屈折した愛情と執着をぶつけるようになるのだろうか。電話の子機を耳につけ、あいた右手で床に落ちている髪の毛を拾い集めながら私は自分の未来を想像した。こうなる確率がないわけではないなと私は思う。嫌悪や恐怖や同情が入り交じり、でもそれらとは何か違う感情が母に対して湧いてくるのを感じた。それは他人に対するものに近かった。事情は分かる。気持ちも分かる。けれど私には関係ないのではないかという平坦なものだった。浜崎に持つ感情に似ていないこともない。浮気をしたいのは分かる。世慣れていないパートの私なら簡単そうだと思ったのも分かる。親切心が嘘でなかったことも分かる。でもその押しつけがましさが私をしらけさせる。

「あ、宅急便きたみたいだから切るね」

方便を言って私は一方的に電話を切った。またかかってくるかもしれないので、私は電話線をモジュラーごと引き抜いた。とにかくもう少し眠りたかった。

ソファに横たわって目をつむると、とろりと眠気が襲ってくる。窓の外は小春日和で向かいのマンションのベランダには洗濯物が白く光っていた。ああ、うちも洗濯物を干したいな、明日からはまた忙しいから掃除機もかけたいなと思いながらも体が動かない。

けれど私はたいそう幸福な気持ちで満たされていた。こうして平日の午前中に日に当たりながらとろとろ居眠りできるのは専業主婦の醍醐味《だいごみ》だ。母の泣き声は急速に遠ざかり、昨夜の浜崎の顔が蘇ってくる。

防犯ベルの耳障りな音が響くコンクリートの上で、ぽかんと口を開けるハマー。その手首をホテルの事務所から出てきた六十がらみの男がつかんだ。それだけで浜崎は悲鳴を上げた。小柄な男性だがきっと合気道でもやっているのだろう。あとで分かったのだが彼はそのラブホテルのオーナーだった。

一一〇番だけは勘弁してくれ。乱暴なんかする気はなかった。黙ってたからやってもいいのかと思ったと浜崎は目に涙を浮かべ「今仕事を辞めさせられたら困るんだ」と土下座までした。ホテルのオーナーは「こう言う奴ほどたちが悪いんだから警察につきだそう」と言ったが、私は疲れていたので大ごとにしたくなかったのと、面倒を起こして私もパートを辞めなくてはならなくなるのは困るので通報しないことにした。オーナーの呼んでくれたタクシーで帰ってきたから、浜崎がその後どうしたかは知らない。見かけ通りの幼稚な助平なのか、私の想像を絶する悪人なのかはまだ分からない。けれど私は恐くはなかったし、パートを辞める気もなかった。

それにしても子供二人はまた昨日も帰ってきていないようだった。息子はもうどこにでも行ってしまえと思うが、やはり娘は心配だ。娘はああいう目にあったらちゃんとうまく逃げられるだろうか。防犯ベルがこんなに有効だとは思わなかったので、これは日菜にも買い与えよう。

そのあたりで私は完全に睡魔につかまり、意識が遠のいていくのを感じた。なのに眠りの底まで下りていったちょうどその時、私はいきなり揺り起こされた。

「ちょっと、お母さん、起きてよ」

「うるさい」

反射的に断ってから、しばし考えて目を開けた。日菜が呆れたようにこちらを見下ろしている。そしてリビングのドアの所に若い女性が立っていた。一瞬学校の先生かと思った。私は眠りたがっている脳と体をむりやり剝がすようにして起きあがった。知らない女性がぺこりと頭を下げる。普通にお洒落で普通に真面目そうな人だ。見覚えがある気もしたが思い出せない。

「お忙しいのに突然お邪魔してすみません」

「……いえ。ご覧の通り昼寝中でしたから」

「さっきから電話してたのに全然出ないし。まったくお母さんはいい気なもんよね」

いつもの生意気な調子で娘が言った。いったいどういうことかとまごついていると、娘はその女性に背中をつつかれて頷いた。

「お母さん。話があるの」

「そういえば、あなた昨日も帰ってこなかったでしょう」

「私、今日からこの家、出ることにする」

「え?」

「都合がいいこと言うようだけど、高校はもうちょっとだから卒業させてほしいの。自分でアパート借りられるようになるまで、この板倉さんのところにお世話になることにしたから」

娘は正面からじっと私の目を見つめ、答えを待っていた。私はうろたえて立ち上がる。

「何を言ってるの?」

「お母さん、落ち着いてください」

見知らぬ女性に言われて私は首を振った。

「私はあなたのお母さんじゃありません。余計なことを言わないで」

「余計なことじゃないよ。お母さん、ちゃんと聞いて。説明するから」

「なんなの。あなた勝手すぎない? 親がどのくらい心配してるか分かってるの?」

興奮していく自分の中にどこか冷静なもう一人の私がいて、ここは怒ってあげなければいけない場面なのだと計算していた。こんな時に物わかりのいい親でいていいわけがない。

「だからもう心配するのやめてって言ってるのっ」

こちらが感情的に言うと、娘も案の定声を張り上げた。

「私にはここが窮屈なの。お父さんもお母さんも優しいけど、学校行かせてもらって感謝してるけど、毎日ここに帰ってくるのが憂鬱でたまんないの。お母さんの顔見たくないのよ。イライラすんの」

日菜ちゃん、と知らない女性が諫める声を出す。けれど娘はやめなかった。

「私、お母さんみたいになりたくない。一刻も早く働いて自由になりたいの。お母さんの生き方が嫌いなの」

涙でぐしゃぐしゃになった顔は、子供の頃と全然変わらなかった。日菜はちょっと私が買い物に出ただけで、お母さんがいないと泣く淋しがりやで甘えん坊な子供だった。

娘は涙をごしごし拭くと「また来る」と言い捨てて部屋を早足で出ていった。玄関の扉を乱暴に閉める音がする。リビングには見知らぬ女性と私が残された。その人はこうなることは承知だったらしく、落ち着いた顔で「すみませんでした」と頭を下げた。板倉さん、と日菜は言っていた。私はやっとそこで彼女が誰だかを思い出した。

板倉さんは日菜が中学生の時に盲腸で入院した病院の新米看護婦さんだった。そういえば二人は年齢差があるのに気が合ったようで、退院してからも手紙のやりとりをしていた。

板倉奈摘《なつみ》、二十五歳。今は都心の大学病院に勤めていると彼女は言った。娘は退院後、何度か一人暮らしの彼女の部屋へ遊びに来たこともあったが、それほど親しいわけではなかったそうだ。

だが一年ほど前に「学校を辞めて就職したい」と相談をしに来た。娘はもうその時既に小遣いやアルバイトで稼いだ貯金が三十万ほどあった。家も出たいので、アパートを借りる保証人になってほしいと頼まれたそうだ。

安易に承諾しなかった板倉さんに私は頭を下げた。若い女性らしく彼女は「いえいえ」と手を振って照れた。

「卒業まで我慢して、ちゃんと就職してご両親を説得しなさいって言ったんです。道徳とか親切心からじゃないですよ。私も下手なこと言って責任をとるのが恐かったんです」

その夏から娘は二、三日家をあけることが増えていた。彼女の所に泊まりに来ることもあったし、同級生の家や深夜営業の漫画喫茶などで夜を明かしたりしていたらしい。

「他人の私が心配になっちゃいまして。余計なお世話なのは分かっていたんですけど」

板倉さんは申し訳なさそうに言った。半分自棄《やけ》を起こしていた娘は本当に学校を辞め、家から出るために大して好きでもない男と同棲をはじめてしまいそうだったと彼女は語った。彼女は見るに見かねて、高校を卒業することと外泊しないことを条件に自分のアパートに居候してもいいと日菜に提案したそうだ。

「でも、それじゃいくらなんでもご迷惑じゃ……」

彼女は赤の他人だ。そんなに甘えるわけにはいかない。

「私はいいんです。どうせ夜勤なんかで自分のうちで寝ること少ないし。それにもし嫌いな子だったら頼まれたって居候なんかさせませんよ」

ソファがあるのに何故だか二人して絨毯の上に正座したまま私達は話した。

「でも、はいそうですかって言うわけには……。主人にも相談しなくちゃならないですし」

「もちろんです。でも、今晩から日菜ちゃんは毎晩うちにいますから、あまり心配なさらないでください。なんか生意気なことを言うようなんですけど、日菜ちゃん、本当にお母さんの心配が重圧になってるみたいだから」

板倉さんは、自分の部屋と勤め先の病院の電話番号と、日菜がバイトをしているという書店と製パン工場の番号を教えてくれた。平日の夕方はその書店で、日曜日は一日中工場で働いているそうだ。卒業したらとりあえずその書店一本に仕事を絞って契約社員になるつもりだという。

彼女が帰ってからも、私は薄暗くなってくるまで床に正座をしたまま放心していた。今流行りのプチ家出というやつだと思っていたのに、そんなにしっかり独立計画を立てていたなんて。高校を卒業させてほしいなんて言うくらいだから、本当に一刻も早く自立したいんだなと思った。こんなことを考えてはいけないが、まだ中退を選んでくれた方がよかった気がする。そうすれば「大検に受かるまで」とか「仕事が見つかるまで」とか言って、もう少し娘をここへ引き留めておけたかもしれない。

卒業まであと半年もないのに、その半年が我慢できないほど私は娘を圧迫していたのだろうか。そんなに私の生き方が気に障ったのだろうか。今までずっと夫の収入で安穏と暮らしていて、夫の収入が減ったからと慌ててパートに出たりする安直さが気に入らなかったのだろうか。近所の安売り量販店でパートをするというのは、確かにどう見ても急場しのぎな働き方だ。夫の収入が持ち直してきて、子供達にお金がかからなくなったらもちろん辞めようと思っていた。それを見透かされたのだろうか。自分の母親の世話も義父の見舞いも、日菜には私が嫌々やっているように見えたのだろうか。

そこまで思い詰めて、ぷちっと思考の糸が切れた。体中の力が抜けて絨毯の上に私は横になった。夫がリストラにあった時の心境が初めて分かった気がした。いったいどこが悪かったのか分からない。ベストをつくしてきたつもりだったのに、娘の人生からリストラされてしまった。

そこで部屋の電気がぱっと点いた。不思議そうな顔で息子がこちらを見下ろしていた。

「そんなとこで居眠りすんなよ。びっくりすんだろ」

床に寝転がったまま私は壁の時計を見上げる。そろそろ夫も帰ってくる時間だった。

「周一」

自分の部屋へ行きかけた息子を私は呼び止めた。

「何だよ。電話代だったら今度バイト代が入ったら払うよ。でもさあ、サークルの合宿もあるし、スノボのボードも友達から買う約束しててさ。お年玉と相殺してくんないかな」

まだお年玉がもらえる気でいたのかと驚きながら、私はゆっくり体を起こした。

「お母さん、昨日パート先で自転車盗まれちゃって」

へええ、と息子は気がなさそうに言った。

「パート行くのに、マウンテンバイク乗ってってていい？」

「いいけど……」

「というか、あれもともとお母さんが買ったのよね。悪いけどこれからお母さんが使うことにするから、あんた勝手に乗らないでね」

「ええっ、大学の入学祝いだったんじゃん、あれ。ふざけんなよ」

大きな声を出す息子に近づいていって、私は拳を握りしめ彼の頭を力いっぱい殴りつけた。私からも、たぶん父親や他人からも拳で殴られたことはないであろう息子は口もきけずよろめいて、壁に手をつき目をぱちくりさせている。

「もう学費も払いません。うちにはそんなお金ないんだから。大学行きたいなら自分で稼ぎなさい」

台所に立って米を研ぎだした私に息子が半信半疑な声で「お袋？」と情けなく声をかけてくる。

不思議なくらい体中から力が湧いてくるのを感じた。人を殴るのが気持ちがいいことだとは知らなかった。

翌日も私は朝の五時半に起き、お弁当をみっつ作って夫を会社へ送り出した。午前中はいつものように掃除と洗濯をし、お昼前には母の家に行くため家を出た。息子のマウンテンバイクは前傾姿勢が最初ちょっと恐かったがすぐに慣れて、私は快調にペダルを漕いだ。こんなに軽くて速いのに、なんで気がつかず長年ママチャリに乗っていたのか不思議になってくる。荷物は積めないが、リュックに入れて背中に担げばいいだけのことだ。母の家にはなんと二十三分で着いた。

母は昨日のことなど忘れたようにいつもと同じ態度で、私は眠気をこらえながら適当に相槌《あいづち》を打った。父もきっとこうしてだんだんと慣れていったのだろう。

夕方買い物をしてから一旦家に戻り、夫に夕飯を作ってから風呂に浸かってパートに出かけた。息子は朝は呑気にぐうぐう寝ていたが、いつの間にかいなくなっていた。けれどマウンテンバイクは駐輪場に置いてあった。少しは反省したのかもしれない。

夜の風を切って私は舗道ではなく車道の端を走った。あまりにも速度が出るので、舗道だと歩いている人を避けそこないそうで恐かったからだ。いい気になって飛ばしていたら、顔に何かがピシャリと当たって私は慌ててブレーキを握った。上を見ると街道沿のお稲荷さんの横に立つ大きな樫の木が黄色く色を落とし、枝がゆらゆら揺れてその葉っぱを落としていた。口を開けて見上げていると、また顔に葉っぱがひらりと当たる。しばらく眺めてから私はまた自転車を漕ぎだした。風が顔に当たる。けれど娘が板倉さんに誕生日のプレゼントでもらったという手袋と帽子のおかげで手と耳は冷たくなかった。

パート先に着くとロッカー室にいたマリアンに洗ったトレーナーを返し、お礼にと言って防犯ベルを渡したら何故だか大笑いされた。フロアに出ていくと、子供が母親を見つけたような顔で浜崎が走り寄って来て「ごめんね」と顔の前で掌をあわせた。笑おうとしたが油断してはいけないと思い私はわざと無愛想に頷いた。

「今日は早いね」

レジの前に立つとチーフの佐織が背中からそう言った。

「息子からマウンテンバイク取り上げたんで、早く着いたんです」

名札のバーコードを通しながら私は答える。

「ふーん、息子さんもいるんだ。いくつなの？」

「二十歳です」

「へえ、びっくり。私なんか何にも持ってないよ、同い年なのにね。真穂ちゃん」

下の名前で呼ばれて、私は思わず振り向く。からかわれているのかと思ったら彼女は真顔だった。

「覚えてない？　私たち、中学二年の時同じクラスだったんだよ。すぐ分かった。真穂ちゃんて変わらないね、そのマイペース」

私は口をぱくぱくさせて記憶のページを懸命にめくった。

「ごめんなさい。そうだったっけ。帰ったら卒業アルバム見てみます」

「別にいいよ」

下を向いて佐織は笑いを堪える顔をした。何か思い出し笑いをしているのだろうか。お客がきたので私は慌ててレジに向かった。

中学生の時の私は毎日何をしていたのだろう。私は目の前の仕事をこなすことでいっぱいいっぱいで、全然思い出せなかった。卒業アルバムもどこへしまったのか、あるのかないのかすら定かではなかった。

囚われ人のジレンマ

二十五歳の誕生日、私は長年付き合ってきた恋人に「そろそろ結婚してもいいよ」と切り出された。「結婚してください」でもなく「結婚しようよ」でもなく、それは許可を下す台詞だった。言った本人はグラス一杯のワインで顔を赤くしにこにこしている。だがその笑顔は自信満々で、決して照れて赤くなっているわけではなかった。

「そろそろって？」

彼の機嫌を損ねないよう、私も精一杯笑顔を作って問い直す。

「だって美都《みと》、二十五歳で結婚したいって言ってたじゃないか」

「私が？」

「記憶力ないなあ」

懸命に思い出そうとしたが、そんな発言をした覚えはなかった。それにもし本当に私がそう言ったとしても、私たちは今結婚どころではない状況にある。

彼のアパートのそばにあるカジュアルなイタリア料理の店は、十二月に入ったせいか忘年会の客がいて騒がしかった。私と彼は奥まった場所にある小さなテーブルで、それぞれの思惑をもって互いの目を覗き込んだ。彼は私が嬉しそうな顔をしないので訝しげな表情になり、私は返事に窮してこの場をどう切り抜けたらいいか必死で考えを巡らせていた。

今日は私の誕生日なので、普段は頼まないコース料理の皿とワインの瓶がテーブルの上に並んでいる。付き合いはじめて七年、軽い言い争いをしたことはあったが、こんな気まずい雰囲気になったのは初めてだった。店員がやって来て、パスタを半分近く残してしまった私に下げてもいいかと尋ねた。私は食べ残してしまったことを謝った。

「食欲ないじゃない」

そう不機嫌でもなさそうな口調で、朝丘君は言った。

「そんなことないよ。メインとデザートに備えようと思って」

「去年は全部食べてたぞ」

それがどうした、と言い返しそうになって私は慌てて飲み込む。せっかく話題がそれたのだから喧嘩を売ってはいけない。

「働きだしてから五キロも太っちゃったから」

「普通働いたら痩せないか。それってストレスだよ。だからそろそろ籍入れて落ち着いた方がいいんじゃない」

話が戻ってしまい、私は苦し紛れに笑ってワインの瓶を取り上げようとした。彼が笑顔で制して空になった私のグラスにワインを注ぐ。半分自棄になって私はそれを一気に飲んだ。朝丘君はほとんどアルコールが飲めないので普段は遠慮をするのだが、今日は私の誕生日祝いなのだから酔っ払おう。それでこの話をごまかそう。

メインの皿がやってきて、私たちはそれに揃ってナイフを入れる。

「結婚するの、気が進まないのか？」

自然を装って彼が聞いてくる。

「進むとか進まないとかじゃなくて、まだ私たち若いし……」

「俺が学生だから？」

そうだとも言えず、私は黙って仔牛肉を口に入れた。

「籍を入れるだけなら問題ないじゃない。金だってないわけじゃないんだから。二人とも一人暮らしする方がよっぽど経済効率悪いと思うな」

彼が急に結婚のことを言い出したのは、この前私が「そろそろ実家出ようかな」ともらしたからだとそれで分かった。金がないわけじゃないと言うが、それは彼がまだ親から仕送りを貰っているからだ。自分で稼いでもいないのによく堂々とプロポーズするなと私は呆れた気分になる。でも反論すれば面倒くさいことになるのは経験上分かっていた。おとなしそうに見えるが弁の立つ彼と、口で争って勝てるわけがない。今日は残業をしないで仕事を切り上げるために、早朝から出社し昼休みもつぶして働いてきた私には、彼と議論を交わすエネルギーはとても残っていなかった。

私は適当に頷いて、デザートをどれにしようかとわざとらしくメニューを開いてみたりした。

店を出ると私たちは彼のアパートへ向かった。長年の付き合いの中で、外で会うよりは私が直接彼の部屋を訪ねることの方が多かったし、こうしてたまに外で待ち合わせてもそのまま別れることは稀で、私は彼の部屋に寄ることに疑問をもったことはなかった。

いつものように彼の部屋はきちんと片づいていた。大学近くの古いアパートで、間取りも六畳と三畳の和室に小さな台所という学生らしいものだが、彼がよく手入れをしているので清潔で、積み上げられた大量の本と旧型のコンピュータが不思議な雰囲気をかもしだしていた。蛍光灯が嫌いな彼はあちこちに暖かい感じのする白熱灯を置いていて、机の上の硝子製の文鎮が鈍く光っている。学生の部屋というよりは、学者の部屋だ。彼がいれてくれたほうじ茶の茶碗は、二人で小旅行に出かけた時に買った益子焼のものだ。来てしまえば、やはり彼の部屋は居心地がよかった。

白い麻のカバーをかけたベッドに腰かけてお茶をすすっていると、そういえば「二十五歳くらいで結婚したい」とその茶碗を買った旅行の時に言ったことを突然思い出した。まだ私は十九で、付き合いはじめたばかりの恋人との一泊旅行は夢のように幸せだった。十九歳だった私には、二十五歳など遥か遠い未来のように思えた。

彼の部屋にはテレビがなく（買えないのではなく、どうせ見ないし邪魔だからだそうだ）アンティークっぽく外見だけ見せかけた最新型のラジオが小さくかかっていた。議論の時以外は彼の口数は多くない。部屋に戻ってくると、彼はこちらから何か聞かなければあまり言葉を発しなかった。私はベッドの上のクッションによりかかってお茶を飲み、彼は朝刊と夕刊にまとめて目を通している。見慣れた彼の横顔を眺めているうちにとろんと瞼が重くなってきた。もし彼の言う通りに籍を入れたとしても、毎日はきっとこんなふうなのだろう。だったら何故、私はあんなにも反発を感じたのだろうか。

彼は大学院の修士を了《お》えて博士課程に入っていた。私と彼はその大学の社会学部の心理学科で同級生だったが、朝丘君はただ何となく大学に来ていた他の学生たちとは違っていた。彼は一年生の時から既に大学院に進む気でいたので、履修していない授業にまで積極的に顔を出し、研究テーマを絞り込むこととそれに見合う教授を捜していた。けれどそれを知っていたのは恋人だった私だけで、彼は自分が桁外れに勉強していることを悟られないよう、つかず離れずうまく同級生たちに接していた。よく勉強している人は他にもいたが、そういう人は大抵本で読んだことをそのまま蘊蓄《うんちく》として語ったり、頼みもしないのに他人の心理を分析したがる。彼には表面上はまったくそういうところがなかった。彼は二十歳の頃もう既に、黙って穏やかに人の話を聞く姿勢を会得していて、絶妙な相槌を打ちながら、様々な相談を持ちかけてくる友人たちを冷徹に観察していた。

付き合いはじめて最初の頃は、一度他の大学の法科に入って受験しなおしたという経歴と、歳がひとつ上だから自分より大人っぽいのだと単純に思っていたが、だんだんと恋人の私でさえも彼は常に第三者の目で観察しているのだということが分かってきた。そう複雑でない私の心理など彼にはまる見えなのだろう。そう悟った時から私は彼にどこか従属するようになった。でもそれは存外悪くない感情だった。見抜かれていると思えば隠し事をしたり、駆け引きをしようとしないで済む。

ずっと長く私たちはそうしてうまくやってきたのだが、ここのところ二人のそんな力関係が微妙に変化してきた。それは私が今までしなかった、隠し事と駆け引きを彼に仕掛けようとしているからじゃないだろうか。もしかしたら、彼流の求婚に私が見せた反応も、私自身より彼の方がその理由をはっきり分かっているのかもしれない。

慣れ親しんだ恋人の部屋での静かな時間が、仕事で疲労困憊《こんぱい》した頭と体にじんわり染みてくる。何年も前からいずれは結婚する前提で日常会話を交わしてきたのだし、それに嘘はなかった。なのに、彼が学生だからというだけでない何か別のものが引っ掛かっていた。彼に自分のそんなあやふやな気持ちの図星をついてもらい、降参した方がどう考えても楽そうだ。けれどその曖昧なものに輪郭をもたせることが恐くもあった。ジレンマ、と私は胸の内で呟いた。

「赤ん坊みたいな顔してる」

新聞をたたみながら彼がベッドの上の私を見て微笑んだ。

「うん。眠い」

「寝ていいよ。俺は隣でレポートやるから」

私は郊外の実家に住んでいて基本的には外泊禁止なのだが、父親が出張の多い仕事をしているため父の不在時だけ母親から彼の家に泊まることを許されている。父にはまだだが、母親には学生時代に何度か彼を実家に招いて会ってもらったことがあるのだ。母は品のいい彼を一目で気に入り、当然私たちは結婚するものと今も思っている。

彼のタンスの引出しのひとつに私のお泊りセットが置いてある。そこから洗顔料と化粧水を取り出して、私は重い体を引きずるようにして風呂場へ向かった。化粧を落とし、簡単にシャワーを浴びて彼のパジャマに着替える。部屋に戻ると、もう彼は奥の三畳間にこもっていた。閉めた襖《ふすま》の細い隙間から灯りとキーボードを打つ音がもれてくる。彼の生活はずいぶん前から昼夜逆転していた。私は枕もとの目覚まし時計を手にとる。彼の起床時間はまちまちらしく、今日はアラームが午後二時にセットされていたが、午前十時の時や午後五時の時もある。私は自宅にいる時より一時間遅い、朝の七時に目覚ましをセットした。電気を消して彼のベッドに潜り込む。また結婚のことを言われたらどう返事をしようかと考えはじめたが、五分もたたないうちに私はあっけなく眠りに落ちた。

「堂々と昨日とおんなじ格好だねえ」

朝、会社のエレベーターで会ったデザイナーの男に私は言われた。

「おはようございます。昨日、私の誕生日だったんです」

「で、そのまま来たの？　最近の若い子は悪びれないねえ」

そういう彼こそ、大きな雪だるまが編みこんである派手なセーターを着ていた。いくら外部のデザイナーだからといって四十を越えた男が会議に来るのにその格好はどうかと思う。

「それ可愛いセーターですね」

「だろ？　俺が編んだの。お揃いで編んであげようか」

呆れて私は笑った。

「そんな時間よくありますねえ」

「俺は天才だから仕事に時間くわないもん。今晩、メシでも一緒しない？」

私たちだけしかエレベーターに乗っていなかったので、彼は無邪気に言った。

「セクハラですか」

「うん。夕方までにメール入れてよ。待ってるから」

エレベーターの扉が開く直前、彼は私の尻をひと撫でしていった。怒る気にもなれず、雪だるまの背中を見送る。よく見ると肩先にトナカイが編みこんであった。冗談で言ったのだろうが、そのセーターが本当に少し欲しくなりながら廊下を歩きだす。デスクに向かう途中すれ違った人に「おはようございます」と挨拶を重ねる度、どんどん自分が仕事モードに入っていくのが感じられた。朝、軽くキスをして私と交代でベッドに入った朝丘君の顔が消え、電車の中でつらつら考えていた一人暮らしと結婚の悩みが消え、デザイナーに触られた尻の感触も消えてゆく。私の頭の中は朝イチの会議のことでいっぱいになった。

大学を出て就職した大手通信機器メーカーで、私はユーザーインターフェイスという部門にいる。入社し配属されるまでは私もそんな聞きなれない単語がついた部署が具体的にいったい何をやっているのかピンときていなかった。簡単にいえば、商品の操作ボタンや表示画面など、使う人が実際触れたり見たりして機械と接する部分をより使いやすくする研究と開発を行っている。

この部門に心理学を学んだ者を採用しだしたのはまだ数年前だそうだ。私の直属の上司は国立大の認知心理学の博士課程を終了した男性だが、あとは工科大出身者がほとんどだ。私は入社三年目の一番ぺーぺーで、今は多少マシになったものの、最初の頃は会議に出ても何が議論されているのかすら分からなかった。全員日本人で日本語で会話が行われているというのに、レジュメをいくらじっくり読んでも意味が頭に入ってこなかった。一年目は尻尾をまいて辞めようかとも思いつめたのだが、厳しいボスは私を突き放してもくれなかった。分からないことは何でも聞け、というので本当に何でも聞いたら、昼休みや終電ギリギリまで彼は私に仕事の基本を叩き込んだ。

私が早く解放されたくて分かったふりをするのまで見抜き、完全に理解するまで彼は容赦なく質問をぶつけてきた。もちろん親切心なんかではない。部下である私が末端の仕事を覚えなければ、彼自身の研究に支障がでるからだった。

ボスの忍耐と努力の甲斐あって、私は無用に彼を怒らせない程度には仕事を覚えたと思う。少し前まではこんなに大変な部署ではなくどこか別の所へ転属したいと思っていたのだが、今は変に異動になってまた一からその仕事の基礎を頭に入れなくてはならないことを思うと、十年でも二十年でもここにいた方がマシだと思えるまでになった。

三十代半ばのそのボスは、今日機嫌がよかった。いつものように隙のないスーツ姿で、自分でいれてきたコーヒーをデスクで啜っていた。同じ紙コップに入ったカフェオレが私のデスクの端にも乗っている。会議前に彼が私に飲み物を買っておいてくれるのは、私の準備したペーパーが合格点の時だ。

彼と簡単に最終打ち合わせをして、私たちは会議室に向かった。来年発売になるターミナルアダプタ機能のついた電話機のインターフェイスで、今エンジニアとインダストリアルデザイナーとの間で攻防が繰り広げられている。ちょっと前までは会議室の扉を開け、ずらりと並んだ男たちに視線を向けられただけでも踵《きびす》を返して女子トイレに駆け込みたくなったものだが、最近は笑顔で挨拶できるまでになった。全員スーツの会議室の中で、雪だるま模様のセーターを着たデザイナーだけが浮いている。けれど彼の顔には先程のようなニヤついた表情はなかった。会議室中の男性は誰も一歩も譲らない顔をしていた。私もそういう顔ができたらいいなと唇をかんだ。

その夜、雪だるまと私はベッドの中にいた。外資系の新しいホテルに押されて客室稼働率が激減したそのシティホテルは、いい具合にさびれて仕事にも女の子を連れ込むにも最適だと雪だるまは言っていた。彼に夕飯に誘われればここへ寄る。四回めか五回めくらいだ。

浮気である。言い訳も何もない。これは完全無欠な浮気だった。雪だるまには家庭があるし、私には朝丘君がいる。そしてお互いのパートナーと別れる気などさらさらなく、彼には罪悪感のかけらもないに違いない。

「美都ちゃん、河合ともできてるんじゃないの？　二人して俺の案、無下にしてさ」

事の後、また私の尻をさわさわ撫でながらデザイナーの大石は言った。

「できてたらこんな苦労しないって。うちのボスはそんなことじゃ懐柔できないよ」

「簡単に懐柔されて悪かったな」

「されてないじゃない。もう少し歩み寄ってよ。これ以上納期延ばせないんだからね」

やめやめ、仕事の話はやめ、と言って脱いでも雪だるまのように白くふかふかしたその男が私に覆い被さってくる。私はくすくす笑って彼の肉付きのいい腕に顔を埋めた。

まったく自分でも信じられない状況だ。私はずっと自分が真面目で、どちらかというと潔癖な人間だと思い込んでいたのに、なんでこんな所でこんな事をしているのだろう。入社して上司の次に手を焼いたのがこの男だった。私の仕事は商品の外側を作るインダストリアルデザイナーと、中身を作るエンジニアに板ばさみになる。頑固な両者の調整をし、時間やコストと戦うことが私の仕事なのだが、いくら言っても見た目ばかり格好がいい、使いづらいデザインを上げてくるこの男をなんとかできないものかと悩んでいたら、食事とベッドに誘われたのだ。認めたくはないけれど、そういう事情で親睦を深めて取り入ろうという腹はあった。けれど神経質でにこりともしないエンジニアの方から誘われていたら絶対断っただろう。だから私がこの男をそう嫌いではなかったことは確かだ。寝たところで雪だるまがデザインをリクエスト通りに変えてくれるわけではなかったが、デザイン側の本音が聞けるようになったので多少仕事がやりやすくなった。実際彼は自分を天才だと言って憚らないだけあって、他のデザイナーに比べ大胆で人目を引くものを作る。当然仕事は引っ張りだこで金回りもいい。けれど何より私は彼の天真爛漫さに救われることが多いのだ。

「昨日、彼氏んとこ泊まったってことは、親父さん出張?」

じゃれあう手をとめて大石は聞いてきた。

「うん。来週まで台湾」

「じゃあ今晩も泊まってくか」

「さすがに今日は帰らないと。三日同じスーツで会社行ったらまずいでしょう」

といっても、私は大石と朝まで過ごしたことは一度もなかった。いや、出張を除いて私は朝丘君以外の人とどこかに泊まったことはない。学生時代も今も女友達と旅行に出たことはないし、終電がなくなるまでお酒を飲んだりもしない。どんなに帰宅が遅くなっても毎晩朝丘君に電話かメールを入れる。それが彼と知りあってからのゆるぎない習慣になっていた。

「彼氏になんかプレゼント貰った？」

枕もとのデジタル時計を見てごそごそと身支度をはじめた私に、雪だるまが大して興味もなさそうに聞いてきた。

「ううん、キリがないし負担だからお互いしないことにしてるんだ。彼、まだ学生だし」

「ふうん。何の研究してるんだっけ」

「囚人のジレンマ」

アンダーシャツに首を入れ「へ？」と言って大石が顔を出す。

「聞いたことねえな」

「美大じゃ習わないかもね」

「可愛くねえ言い方だなあ。それって金になんの？」

素朴に聞かれて私は笑った。前に朝丘君に「美都は困ると笑ってごまかす」と指摘されたことがある。そんなことは言われなくても分かっていたし、指摘されて直るものならとうに直している。でも笑うしかない事態が多すぎるのだ。

大石は面倒がらずに今夜も私の家まで送ってくれた。彼ご自慢の古いアメリカ車は揺れがひどかったが、私は助手席で電池切れになったように気を失った。車が私の住む街のインターにさしかかった頃、携帯電話の着信音が短く鳴った。確認するまでもなく、朝丘君からのショートメールだった。

囚人のジレンマ、という単語を初めて聞いたのは、大学の授業ではなく朝丘君の口からだった。まだ私たちが付き合いはじめる前で、同じクラスの人たちが誘い合って飲みに行った時だ。二十歳になっていない人も多かったがみんな平気でビールを飲んでいた。私も本当は飲める口だったのだが、父親に二十歳になるまでは絶対外でアルコールを飲んではいけないと厳禁されていたので、おとなしくジュースを飲んでいた。その時色鮮やかな着色料いっぱいのオレンジジュースを飲んでいたのが彼と私の二人きりだったので、居心地の悪さから彼の隣の席に移動して少し話をした。あまりにみんなが大声で話すので「うるさいから店を出ない？」と私が誘い、それに彼が助かったという顔をした。ゴールデンウィーク直前のその日は半袖でも平気なくらいの陽気で、私たちは大学の講堂前の階段に腰かけていろいろな話をした。どうしてその話になったのかはよく覚えていないが、熱心に話す彼の顔はとても印象に残っている。

囚人のジレンマとは、こういうたとえ話だ。

共犯の窃盗容疑の二人が捕まったとする。警察は二人それぞれを別の部屋に入れて尋問する。一方の囚人には「お前が先に自白すれば、無罪放免にしよう。だがお前がもう一人より後に自白したら重い罪に処す」ともちかけるのだ。その場合、もし二人とも自白をしなければ証拠がなく罪に問われない。けれど二人とも自白すればかなり重い刑がかけられる。二人の囚人にとってベストの選択は両者とも黙秘を続けて証拠を隠すことだが、お互い別房に入れられているので結束することができない。そして「相棒の方が先に自白してしまうかもしれない。そうすると自分には重い罪がかけられる。俺が先に自白すれば無罪放免なのだ」と両者が考え、結果として二人とも告白してしまい、二人ともが罪に処されることになる。こうして、両者が相手の戦略を懸命に予想した結果、両者ともが損をしてしまうケースを「囚人のジレンマ」と呼ぶのだそうだ。

朝丘君はかつての米ソ冷戦問題や写真のプリント代が0円にまで落ちた例を挙げた。

彼はこのジレンマの話にとても興味をもって、一度入った法学部を辞めこの大学の心理学科を受けなおしたのだと言った。本来は数学のゲーム理論の分野なのだが、それを社会心理学方面から研究してみたいのだとも言った。

聞いた時はただ感心するばかりだった。私が知っている同年代の男の子で、法学部を辞めてまで心理学をやりたい人などいなかったし、だいたい熱意をもって何かを研究したいと思っている人など誰もいなかった。囚人のジレンマの話も面白かったし、考えてみれば彼の言うように世の中はジレンマに満ちていた。それでも若かった私はその話に疑問をもってこう言った。

「私だったら自白しないいな。だって相棒になるような人だったら信用もするし、もし自白して自分だけ無罪になってもいい気持ちしないもん」

朝丘君は私の台詞を笑い飛ばしもせず、落ち着いた様子でこう答えた。

「登場人物が短絡的な行動をとっているときに限られる話なんだよ。だから短絡的に行動すると囚人のジレンマみたいな事態になるってことなんだ」

あ、そうか、と私は笑った気がする。そして彼は私が長年忘れられずにいる一言を呟いたのだ。

「損の種をまいているのは、往々にして自分なんじゃないかな」

その時私はまじまじと彼を見つめた。朝丘君は特にハンサムでも、インテリっぽい外見でもなかった。背は高くもなく低くもなく体は痩せている方だった。男らしいとはいえなかったが、なよなよしているわけでもなかった。そんな人だからこそ世の中を俯瞰して見られるのかもしれない。私は彼に強い興味をもった。私たちが恋人同士になるまでそれから三日もかからなかった。


その講堂を見下ろす大学内のカフェで、私は頼んだココアを飲み干してしまい、ぼんやり座っていた。土曜日だというのに学内には結構学生がいた。もうすぐ冬休みになるせいか、学生たちの顔はみな明るく見える。一人ぽつんと座った私のまわりには、年末年始に行くスノーボードのことで大騒ぎしている集団と、年明けにある試験に備えてなのだろうコピーの束を整理しているグループがいた。

朝丘君がまだ通っているので、私も時々母校に足を運ぶ。図書館で仕事の資料になる本を借りたり、こうして恋人の用事が終わるのを待っていたりもする。大学というのは居心地がいいものだな、と私はその度思う。一人ぼんやり座っていても誰も不思議な目で見ないし、遊びたい人は遊び、勉強したい人はして、思い思いの格好をしていても浮いたりしない。

すっかり葉が落ちて裸になった銀杏並木の向こうに講堂の時計が見える。朝丘君と恋人同士になって七年、いや春がくるともう八年になるのだなと思った。

彼のことは嫌いではなかった。ただ長く付き合いすぎたのかもしれない。別れる理由など過去にも現在にも見当たらなかったが、来ないバスをいつまでも待ち続けて、こんなに待ったのだから今更歩きだしたりタクシーに乗ったりするのが癪にさわるような、そんな状態になっているような気がしていた。

約束の時間から二十分ほど遅れて朝丘君が現れた。私は笑って首を振る。

「ごめん。待たせた」

「学生につかまっちゃって」

彼は今年から講師のアルバイトをしていた。大学が行っている社会人向けの公開講座で基礎心理学を教えているのだ。そのギャラは居酒屋でバイトをするのと変わらないような金額だが、学生時代決してアルバイトをしなかった彼が働く気になったのだから進歩といえば進歩だ。彼も「人に教えると自分のスキルアップになる」と言ってとりあえず前向きだった。

「そうだ、忘れないうちに」

そう呟いて、彼はデイパックから小さな紙包みを取り出した。

「この前渡し忘れちゃって」

「なに？」

受け取って開けてみると、銀色の指輪が出てきたので驚いた。しかも今流行りのブランドもののラヴリングだった。箱を捨てて裸でくれるところが彼らしくもあったが、ゼミ旅行の土産でキーホルダーくらいしか貰ったことのない私は、本気で不意打ちをくらって言葉を失っていた。

「こんなとこで……」

やめてほしい、と喉まで出かけて慌てて飲み込む。

「こういう時、どんな指輪をあげたらいいのか分かんなくて、下の女の子たちに聞いたんだ。そしたら絶対それがいいって言われてさ」

ありがとうって言わなくちゃ、と私は思った。けれど言葉が出てこない。震える指でそれを左手の中指にはめてみる。第二関節のところで指輪はつっかえた。じっとこちらを見ている朝丘君を意識しながらも、私は指輪を右手の薬指にはめてみた。ぴったりだった。

「ありがとう。こんな高いもの」

「うん。さすがに二つは買えなかった」

はにかんだように彼は笑う。去年だったら、いや一昨年だったら、私は素直にこれを嬉しく感じただろうか。指輪についたネジの模様が、昔百科事典で見た鉄製の貞操帯を連想させた。貰ってはいけない。いくら右手だからって薬指になんかはめちゃいけない。忘れてたなんて嘘に決まってる。この前私が喜ばなかったので出せなかったのだ。外さなくちゃと思って顔を上げた時「朝丘君」と男性の声がした。

見ると教授がにこやかに笑って立っていた。彼も挨拶をして立ち上がる。朝丘君が昔から慕っている教授で、今はもちろん彼の研究室に所属している。

私も「お久しぶりです」と挨拶した。直接講義を受けたことはないが、その教授から私は「朝丘君の恋人」として認識されている。教授は鷹揚に私にも応え、失礼と言いおいてから朝丘君と研究室で使う資料の話をはじめた。私はそっと椅子に腰を下ろし、なるべく彼らの会話を聞かないようにした。以前は興味をもって朝丘君が教授やゼミ生たちと話すのを聞いていたのだが、あとでそのことに口を挟むと言い争いになることが多く、なるべく聞かないでおく知恵をつけたのだ。

どこに焦点を合わせるでもなく、私はぼんやり彼らの話が終わるのを待った。五十がらみの教授はスーツ姿だったが、それは私が会社で日常見ている男性たちのものとは違っていた。いったいどこが違うのだろうかと私は目を凝らしてしまう。ピシリとしていないのは、毎日同じ上着を着て手入れが悪いからだろうか。中に着た毛糸のベストも野暮ったい。けれどそれ故学者としての風格があるようにも感じた。彼はテレビにこそあまり出ないが、学術書以外にも一般向けの書籍を最近何冊か出し、この世界では有名な先生だ。彼の授業は立ち見が出るほどだという。

朝丘君もいつかああなるのかな、と思った。大学教授などそう簡単になれるものではないことは私でも知っていた。実力以外に政治的な力も必要だし、その間には屈辱的な目に何度もあうのだろう。朝丘君は以前「教授になんかなりたくない」と言っていたことがあるが、それがどこまで本音なのか私には分からなかった。どちらにせよ、それはまだずっと先のことだろう。

教授と別れた私たちは、どこへ行くとも相談せず校舎を出た。彼が何も言わない時はアパートに帰る時だ。私も黙って彼の横を歩いた。あたりは夕闇が降りはじめ、石畳の道が冷気を膝まで立ち上らせている。早く彼のアパートでお茶を飲みたい気もするが、そうしたら指輪と結婚の話は避けられないだろう。今日はまだ父親が出張中だし、私も仕事が休みなので朝丘君は私が泊まっていくものと思い込んでいるに違いない。

「クリスマス、どうする？」

いつもの柔らかい言い方で彼が聞いてきた。クリスマスイヴには何があっても絶対一緒に過ごしたいと言い続けてきたのは私の方だった。なのに今年はそれが煩わしい。なんて勝手なのだろうと強烈な自己嫌悪に襲われた。

「平日だけど、遅くなっても来るようにする」

まるで愛人を説得しているようだと我ながらいやになる。

「無理することないよ。もうすぐ正月休みだし」

「朝丘君は帰省しないの？」

ちらりと彼がこちらを見る。その目が、彼が人を小馬鹿にする時の目で私は内心うろたえた。

「そうだな。気が向いたらね」

表情とは裏腹にあくまで彼の口調は優しい。帰ってほしい、と私が思っていることを読まれたのだと思った。彼の実家は山梨で、事前にチケットを取らなくてはならないほど遠くもなく、かといって気軽に日帰りできるほど近くもない。家族とあまりうまくいっていないと聞いていたが、二年に一度くらいはしぶしぶ実家に顔を出していた。もちろん私は彼の家族とは会ったことがなかった。そこまで考えて私は簡単なことに気がついた。

「ねえ、この前籍入れるだけなら問題ないって言ってたけど、私は朝丘君のご両親に会ったこともないんだよ」

「じゃあ、会う?」

そういう意味で言ったんじゃない。でも自分の発言の軽率さを後悔した。

「美都は順番を間違えてないか。まず美都が結婚する決心が固まって、それから親だろう？　俺だって君の親父さんが簡単にハイそうですかって許すとは思ってないよ。でも許す許さないじゃなくて、この歳になったら本人たちの問題だろ」

「そりゃそうだけど……どんなご両親かまったく知らないで、いきなり籍入れられないよ」

「じゃあ、会う?」

堂々巡りだ。彼の実家に行って家族に会ってしまったら、もっと引っ込みがつかなくなるだろう。私が黙り込んでしまったので、彼は機嫌を取るように言った。

「今日はもうその話はやめよう。ゆっくり考えればいいよ」

以前なら私の矛盾を執拗に追及した彼が、いやに余裕たっぷりだった。胸を撫でおろした反面、ちょっと恐くなる。長年付き合ってきて決して彼が見た目通りに温和な人ではないことを私は知っていた。私にその矛先を向けられたことは少ないが、機嫌を損ねた時の彼は相手を執拗に言葉の暴力で攻撃するのだ。

その夜、私たちは近所の行きつけの定食屋で夕飯を済ませ、何事もなかったかのように彼のアパートに戻った。軽くキスをしただけで、私は早々にベッドに入り、彼は明け方までパソコンに向かっていた。彼と最後にセックスしたのは、もういつだか思い出せなかった。それだけでも有り難くて、やはり結婚するのは朝丘君しかいないのではないかと私は思ってしまった。


「ラヴリング貰って嬉しくない男と結婚したらいけないでしょう」

同期入社の女性に相談したら、いともあっさりそう言われた。同期入社といっても彼女は中途採用で私より四つ年上である。バイタリティーにあふれ、何を尋ねても明確で迅速な答えをくれる彼女に私は好感をもっていて、社内で彼女にだけは仕事や恋愛のことをよく聞いてもらっているのだ。

洋風居酒屋の洗面所の大きな鏡の前に私たちはいる。今日の飲み会はいわゆる合コンで、普段はあまりそんな席には出ないのだが、なんだか気持ちが晴れなくて、たまにはそういうのもいいかと気が向いてやって来た。

「美都ちゃんはまだ若いんだし、いい加減そんなモラトリアム男、別れちゃいなよ。あんないっぱい他に男がいるじゃない」

あんないっぱいというのが今日集まった六人の男性を指すのか、世の中全体を指すのか分からなかったが、少なくともその六人の中に朝丘君と別れてまでぜひとも付き合いたいと思える人はいなかった。

「うーん、でもなあ」

「イヴにもパーティーあるけど来れば？」

「イヴは彼んとこ行かないと」

「分かんないなあ。美都ちゃん、仕事だとテキパキしてんのに、どうして恋愛になるとそう優柔不断なの？」

鏡に向かい、鼻の頭に油取り紙をあてながら彼女が言った。

「そうですか」

「自覚もないの？　まあいいけど、今日はどうする？」

彼女は顔が広く合コンの女王と会社では呼ばれている。けれどその彼女が自らが企画した合コンで、誰かと親密な仲になったというのは聞いたことがない。理想が高いのか、単に知らない男性たちと騒ぐのが好きなだけなのか。

「もう帰ります」

「そうね。今日のはちょっと外したもんね。ケンヤがしつこそうだから気をつけて」

一軒目の店に入ってそろそろ二時間がたとうとしていた。私と彼女は目で誘い合わせてトイレへ入り、二軒目に行くかどうか相談していたのだ。ケンヤというのは、最初から私の横にぺったり貼りつくように座っていた男のことだ。小柳ルミ子の別れた夫に顔が似ているので、みんなにそう呼ばれているそうだ。

「作戦会議？」

席に戻るとケンヤがすかさず聞いてくる。確かに顔はかなりいい。合コンの女王がセッティングしただけあって勤め先も一部上場企業で、身づくろいだって話だって気がきいてるし、何より雪だるまと違って独身だ。なのに気持ちがピクリとも動かない。理由は簡単で、合コンにくるような男が私は嫌いなのだ。だったらこんな所に来なければいいのに、愛想までふりまいている自分が不思議だった。まったく何が分からないって、自分が一番分からない。女王様の言う通りだ。

「合コンって不毛だと思いませんか？」

いやな女のいやな台詞だと思いながら私は言った。ケンヤが面白そうに顔を覗き込んでくる。

「そうですね。確かに不毛ですね」

「どうしてそう思うの？」

自分でふっておいた話題を質問しなおす。これは朝丘君がよく使う手口だった。

「どうしてって……気と金を使うわりには収穫がないからかなあ」

案外正直な人で私は軽く吹き出した。それほど経験があるわけではないが、合コンというのは下手な勉強よりもずっと頭を使うと思う。複数の男女が初対面の印象をもとに、こちらの気持ちを意中の相手に伝えるため、狙われたら迷惑な相手から逃げるため、上っ面な会話の中にそっと本音を忍び込ませる。その腹の読みあいのシビアさはものすごい。朝丘君も勉強のために一度合コンしてみればいいのに。

そのあたりで幹事役の男の子が会費を集めはじめ（もちろん男性の方が高い）店を出ることになった。会社の女の子たちへの挨拶もそこそこに私は急いで地下鉄駅へ向かった。

「美都さん」

後ろからケンヤの声がする。私は振り向きもせず早足で歩いたが、地下鉄の入り口まであと少しという所でつかまってしまった。人目など気にせずに走ればよかった。

「送っていきますよ」

満面笑顔で彼は言った。コートを着ずに手に持っているところを見ると、慌てて追いかけてきたのだろう。

「遠いからいいです」

「遠くてもいいです」

「一人で帰れます」

「ていうか、もう一軒飲みに行きませんか?」

全然人の話を聞かずケンヤは爽やかに笑った。

「うちのパパ、私を溺愛してて帰りが遅いとどこでも携帯に電話してきて迎えに来ちゃうの。あなた、殴られてもいいなら行くよ」

わざと舌足らずな口調で私は言った。いやな女ぶりもこれで拍車がかかったことだろう。彼は絶句し、しばし何か考えている様子だった。

「パパが迎えに来てくれるなら安心じゃない」

全然人の話を聞かないその人は、まったくひるまず私の肩を抱いた。知らない男の肩越しに、私はクリスマスのイルミネーションを疲れた気持ちで眺めた。


明日も会社だというのに、自宅に着いたのは午前一時を過ぎていた。飲みに行くどころかホテルまで行ってしまった私は、さすがにくたくたになって玄関の鍵を回した。

「遅いぞ」

暗い廊下の奥から父親がぬっと顔を出して言った。私は息を吞んで玄関の三和土《たたき》に立ちすくむ。この時間ならもう寝ていると思ったのに。

「早く靴を脱いで上がりなさい。酒くさいな、まったく。若い娘が」

「お父さん、まだ起きてたの?」

「待ってたんだよ。ほら、こっちはお前より朝早いんだ。早く入れ」

せかせかとそう言って父はリビングに入って行く。私は観念してガウン姿の父の後に続いた。社会人になってからはあまり帰宅時間のことについて言われていなかったので油断していた。母が起きだしてこないのは、父が本気で怒っているということだ。母は私の味方のような顔をしていても、決して最後まで庇ったりしてはくれない。

「忘年会か？」

音をたててソファに腰を下ろし、父が私を見上げた。整髪料をつけていない髪のところどころに白髪が目立つ。

「はい。すみませんでした」

「まあそれはいい。お前もいっぱしの社会人なんだから、遅くなることもあるだろうよ。それよりお前、一人暮らしする気なんだって？」

煙草に火を点けながら父は言った。ああ、母親が喋ったのだと私は思った。

「そんなこと俺が許すと思ったか？」

「……いいえ」

「だろう？　どうして俺が美都の一人暮らしを認めないかよっく考えてみろ」

父の声のトーンがだんだん上がってくる。冬でよかった。窓を開けてある季節だと向こう三軒まで筒抜けで、子供の頃父に怒鳴られる度、近所の友達に「また怒られてたね」とからかわれたものだ。だがこの歳になったら、まだ父親に叱られていることと、いい歳の男がいまだに娘を感情的に叱りつけていることを近所に知られるのが恥ずかしかった。

「お前は俺の一人娘なんだからな。俺の家から出て行く時は嫁にいく時だ。男がいるならちゃんと紹介しろ。コソコソしてんじゃない」

私はお父さんの持ち物じゃない。そう言おうとしたが、口答えして朝までしつこく怒鳴られたんじゃたまらない。そう思いながらも「でも」と少しの反抗がこぼれ出た。

「子供みたいに、でもとかだってとか言うんじゃない」

床を鳴らして父は立ち上がる。昔ラグビーをやっていた父は身長が一八〇を越える大男で、上から怒鳴られるとこの歳になっても足が震えた。以前は拳でごつんと殴られたものだが、さすがに最近は手を上げなくなった。しかしその分、父の中に鬱憤が溜まっていることが手にとるように分かる。

「すみませんでした」

しおらしく私は謝った。感情的ではあるが体育会系の父は素直なところを見せれば機嫌を直す。恐いことは恐いが、扱いやすい人でもあった。

父は煙草をもみ消し、大きく息を吐いた。うなだれたままの私の肩を軽く叩いて「もう寝ろ」と言い、リビングを出て寝室への階段を上がって行った。私は力が抜けてソファにへばった。

この家を出たい一番の理由はあの父親なのに、本人にはまったく自覚がないようだ。家庭内暴力というほどでもないが、気に入らないことがあると大きな声を出したり、物を壊したりするので、母と私はとにかく父の機嫌だけを気にして暮らしてきた。愛されていることは分かっている。けれど大人になるにつれ、何故なんだろうという気持ちが大きくなってきた。心理学を専攻しようと思ったのもあの父の存在によるところが大きい。けれど理論で父の暴君ぶりとその理由を分析しても事態は何も解決しなかった。

母親に一人暮らしをしたいと話したのは、母が黙っていられない性格なのを知っていてわざと言った。自分から面と向かって父に話す勇気がないから母を利用したのだ。朝丘君のことも母はきっと逐一父親に報告してきたに違いない。それを長年知らん顔をしてくれていた父は、ああ見えて案外堪え性があるのかもしれない。私はソファからのろのろ起き上がる。やはり円満にこの家を出るには結婚しかないのだろうか。

今日はもう疲れた。とにかくシャワーを浴びて寝ようとバスルームに向かった。上着とセーターを脱いで化粧を落とそうと鏡に向かった時、鎖骨の上にくっきりキスマークがついていることに気がついた。

最低だ。なんで私はこんなにも駄目なんだろう。そう思うと鏡をもう見られなかった。顔も洗わず私はそのまま自分のベッドに潜り込んだ。

イヴの日、朝丘君のアパートに着いたのは夜の九時近かった。昼休みに会社のそばのデパートで予約してあったケーキを受け取ったのだが、その時間にはすっかりドライアイスも溶けてしまい、ぬるくなったケーキは形崩れをしていた。

それでも朝丘君は喜んでくれた。学生時代は誕生日とクリスマスには甘党の彼のために私はケーキを焼いた。社会人になってからはさすがにケーキなどのんびり焼いていられなくなって、こうして買って行くことが習慣になっている。朝丘君はお腹を空かせてやって来るであろう私のために、カレーを煮込んでくれていた。普段彼は料理をしないが、私がケーキを持ってくる日だけ、お礼なのかお返しなのかカレーを作る。私たちはすりおろした林檎が入った辛くないカレーを食べ、ウーロン茶を飲み、ケーキを切り分けて食べた。ラジオからクリスマスソングが次から次へと流れ続け、私はどうでもいいことを沢山喋って笑った。朝丘君も笑っていた。笑わせておいて、なんでこの人笑っているんだろうと矛盾したことを頭の隅で考える。

「そろそろ電車なくなっちゃうんじゃない？」

一人で喋って一人で笑い続ける私に、朝丘君が時計を見て冷静に言った。私はその一言で笑うのをやめた。というか笑えなくなってしまった。

「どうしたの？　なんかあったの？」

ハイテンションで大笑いしていた私がいきなり泣きはじめても、彼は面食らった様子も見せない。今日の私の精神状態がおかしいことは、朝丘君じゃなくても分かっただろう。

「帰りたくない」

しゃくりあげながらそう言うと、彼は子供にするように頭を撫でてくれた。外泊すると父親に殴られることは、もうずいぶん前に朝丘君には話してあった。

「じゃあ泊まっていきなよ。俺が電話してあげてもいいよ」

私は慌てて首を振る。

「平気。自分で何とかできる」

「本当に？」

涙をぬぐって私は必死に頷いた。今この状況で父に電話をしたら、正月にでもそいつを連れて来いということになるだろう。それだけはやはり避けたかった。

ぐったりした私を抱きかかえるようにして、朝丘君は私をベッドに寝かせた。泣きやんだつもりでも涙が止まらない私の背中を彼が根気よくさすってくれる。

「する？」

耳元で聞かれ、私は小さく首を振る。とてもそんな気になれなかったし、数日前にケンヤにつけられたキスマークも頭を過った。朝丘君ががっかりしているのか安堵しているのか、その表情を確認したくなくて私は目を固く閉じていた。

私と朝丘君は基本的にセックスをしない。付き合いはじめた頃は何度かしたのだが、すぐにお互いその行為にあまり気が進んでいないことが分かった。十九歳だった私は好きな男の子と裸で変なことをするのが内心納得できていなかったし、二十歳の彼はやはりしないで済むならその方が楽だと思っていた。打ち明けあった時は、ああ、やっぱりこの人が運命の人なのだと私は確信を持った。

朝丘君は性欲がまったくないわけでも勃起不全でもゲイでもないので、自分で処理したり風俗へ行ったりしているようだった。彼が明言したわけではないが、言葉の端々から「だから心配しないでいいよ」というメッセージを私は受け取った。嫌悪感は不思議となかった。どこか知らない所で済ませてきてくれた方が有り難いとすら思った。

彼は私が初めての相手だったそうだが、私は処女ではなかった。高校生の時にボーイフレンドと経験していたが、痛いだけだし恥ずかしいし、デートの度に求められ辟易《へきえき》していた。それからずっと、自分はセックスに向いていないのだと思っていたのだが、社会人になってひょんなことからデザイナーの大石と寝てみる気になって驚いた。私は恋愛感情のない男の人とだったら気楽にセックスすることができた。どこかねじ曲がってはいても自分にも性欲があることにびっくりした。そして朝丘君も実は同じような問題を抱えているのかもしれないと思うようになった。

彼の腕の中で私はまどろむ。父は私と朝丘君が結婚すると聞いたらなんと言うだろう。最初は「学生なんかに一人娘をやれるか」と怒鳴るだろうが、朝丘君が礼儀正しく頭を下げればきっと父は結婚を許すだろう。娘が経済的に自立して出て行ってしまうよりは、マンションでも買い与えて朝丘君ごと自分の庇護下に置いておくことを父は選択するだろう。朝丘君が普通に働いてくれていたら事態は違っただろうか。分からなかった。ラヴリングを貰っても嬉しくない、セックスもしたくない、そんな相手と結婚していいのか判断できなくてまた涙があふれてくる。

「こんな状態よくないよ」

泣きやまない私にさすがに業をにやしたのか、朝丘君がそう言った。静かに立ち上がり、机の引出しから何かを出して戻ってくる。起き上がった私に差し出されたのは、婚姻届だった。几帳面に折りたたまれていたがすぐ分かった。

「俺の方は書いてあるから。美都が持ってて」

泣くのも忘れて私は固まる。

「全然本気にしてくれないんだな。冗談で言ってるわけじゃないんだから、ちゃんと考えてくれよ。仕事が忙しいのは分かってるけど、最近メールの返事もこないし、指輪だってしてないし。俺なら何をしても傷つかないとでも思ってるの？」

子供じみた物言いに聞こえ、私は思わず声を上げた。

「やめてよ、もう」

「そのまま返すよ。一人で勝手にてんぱって、わめきちらして」

「喧嘩しにきたんじゃないよ、私は」

「売ってるのはそっちだろう」

私は枕をつかんで朝丘君に思い切りぶつける。

「結婚なんてできるわけないじゃない。朝丘君、稼いでもないくせに」

言ってしまってからはっとした。彼が皮肉に口をゆがめているのと、枕が食べ残したケーキごと畳に落ちているのが見えた。

「美都のゼミはジェンダーじゃなかったか?」

殊更ゆっくり言われて、私は返事ができなかった。

「君はその辺の頭の悪い女と同じじゃないか。もし僕と美都の性別が逆だったらどうだ? 男だとフルタイムで働いて、女房子供を養えなきゃ結婚する権利がないのか? 金を稼ぐ人間だけがそんなに偉いのか? うちの教授みたいに、くだらない啓発本でも書いて稼げば美都は俺を尊敬するのか?」

まくしたてられて私は両手で耳を塞ぐ。今日はクリスマスイヴで、そんなことを聞きたい日ではない。そんなことを考えたい夜じゃない。

私は何も言わずコートを着て、彼のアパートを飛び出た。呼び止められないよう鉄の階段を駆け降りる。頭の中がわんわん鳴って、大通りまで走ってやっと私は足を止めた。

もう終電は出てしまった時間だった。タクシーは時折通りかかるが、手を上げたところでどこへ行ったらいいか分からなかった。この時間に家までタクシーで帰ったら二万円近くかかる。お金が惜しいというよりも、とにかく帰りたくなかった。バス停のベンチに浅く腰掛け、私は携帯電話のメモリーを最初から最後まで見てみる。クリスマスの夜に会ってくれそうな人は一人もいなかった。大学が近いので、時折酔っ払った学生たちが私の後ろを通り過ぎて行ったが、こんな夜に一人で泣いている女が恐いのか明らかに避けられていた。ためしにデザイナーの大石にかけてみる。当たり前だが留守番サービスになっていた。藁をもすがる気持ちで、もし聞いたら電話してくださいとメッセージを残す。

「あれ、美都さんじゃない」

途方にくれ、真っ暗で冷たいベンチに座っていると思いがけず声をかけられた。若いカップルが一組、訝しげに私を見下ろしていた。毛糸の帽子を被った男の子の方に見覚えがあった。

「朝丘と喧嘩でもしたの？」

かろうじて私は笑った。年下に違いない知らない女の子が、座った私の目の高さに屈《かが》んで「大丈夫？」と言ってハンカチをくれた。恥ずかしさと安堵が入り混じり、私はまた泣きだしてしまった。

年が明けてすぐ、私は朝丘君と仲直りをした。元旦の夜にクリスマスの喧嘩を謝るメールがきて、私は年賀状の返事を投函してくると親に言い訳をし、公衆電話から朝丘君に電話をした。彼の声はあんな喧嘩などなかったかのように優しくて、大晦日をアパートで一人過ごしたと聞いて気持ちが痛んだ。父親はいやな顔をするだろうが、明日会って初詣に行こうと私から言いだした。

新年の二日は小雪がちらついて、都心の神社は去年よりも空いていた。朝丘君は学生時代に私が編んだセーターを着てきた。あまりの寒さに小動物のように私たちはくっついて雪の中をお参りした。賽銭を投げて掌をあわせても何も願い事が浮かんでこなかった。ただもう朝丘君と私を楽にしてください、それだけを神様にお願いした。

イヴの夜、朝丘君と同じ研究室にいる男の子が部屋に泊めてくれた。その子より恋人の女の子が心配し、遠慮する私に始発が出るまでここにいてと言って譲らなかった。彼らのクリスマスを台無しにしてしまって申し訳なかったが、みっつ年下のその女の子は何故かとても親身になってくれた。男の子も「朝丘と付き合うのは大変だよな」と苦笑いをしていた。

「あいつの自尊感情、低いから」

生姜を入れたホットレモンを作りながら、心理学専攻の学生らしいことを男の子は言った。私は黙って聞いていた。そうだろうか、ものすごくプライドが高いと思うけどと思いながら。

「高校出てないんだろう。大検とって一発でうちの大学受かったんだから努力家だとは思うけど」

誰でも知っているとばかりに彼は言った。びっくりしたが、何とか悟られないよう平静を装った。では他の大学の法学部から移ってきたというのも嘘だったのだろうか。何故私は他人が知っている朝丘君の本当の経歴を今まで知らないできたのだろう。彼の友人とは親しくしてこなかったにしてもショックだった。わざとみんな黙っていたのか、当然私は知っていると思われていたからか。考えがまとまらず話題を変えようと私は「教授と朝丘君、あんまりうまくいってないんですか？」と質問してみた。

「そうだね。修士論文でだいぶ揉めてたからなあ。あいつ納得したふりしてたけど、根にもってんじゃないの」

そこで女の子が「シュンちゃん、やめなよ」と恋人のお喋りをやめさせた。そのあとは三人で炬燵に足を入れ、深夜テレビを見て笑った。喧嘩の事情を聞かれるより、その方が精神的に助かった。始発で家に戻り、ちょうど起きてきた父親が怒鳴りだす前に自分から謝った。よほど私が疲れているように見えたのか、父は「いい加減にしろよ」と一言言っただけだった。

初詣を済ますと、私は雪がきれいだから少し歩こうと朝丘君を誘った。彼はいやがるふりをしてみせたが嬉しそうだった。お互い片方だけ手袋を外してその手をつないで歩いた。左ではなく右だけれども私の薬指にはあの指輪がはまっている。朝丘君はその右手をずっと握っていた。

少しずつ降り積もり、何もかもを白く覆ってしまう雪を見ているうちに、いろんな事がどうでもいいように思えてくる。分からない、分からないと繰り返してきた私だったが、本当はうすうす気がついていることがあった。それさえもふんわり柔らかい雪に埋めてしまえば楽になった。気持ちが沈静してくるのを感じた。こうして何も考えず、朝丘君と手をつないでいけばいいのだと私は痺れた頭でうつろに思った。

仕事始めから一週間、会社の人たちの様子が微妙に変わっていることに気がついた。男性たちが私の目を見なくなり、女性たちはあからさまに私を避けた。何か私がしただろうかと不安になった矢先にボスから呼び出しをくらった。

年末にばたばたと仕上げた発注書がミスだらけだった。数字の桁は違っているし、納期の日付まで一ヵ月ずれていた。初歩的なミスにフロアのど真ん中で私はボスに怒鳴られた。皮肉はちょくちょく言うが、彼が公衆の面前で声を荒らげるのは珍しいことだった。新人の時のように全身が震えて、絶対泣いてはいけないところなのに涙が勝手ににじみ出た。ボスは溜め息をつき、こちらのチェックも甘かったからと付け足し、とにかく先方に謝って早急に作り直せと言い放った。

あちこちに電話をかけて平謝りし、パソコンに向かって書類を作り直している間、私はこんな事でみんなの態度が変わるだろうかと首を傾げていた。もちろん許されるミスではないが、このくらいのポカは誰でも一度や二度はやる。今までなら慰めの言葉をかけてくれていた同僚たちも見て見ぬ振りだ。何か別のことだ。いやな予感がした。

その日の午後は例の電話機の会議があり、デザイナーの大石が社に顔を出した。いつもなら馴れ馴れしく話しかけてくる彼が、私を一瞥しただけでそっぽを向いた。それで私は漠然と事態を把握した。どこからか私と大石のことがばれたのかもしれない。それならみんなの態度も納得がいく。それしきのことで私は本気で会社を辞めたくなった。損の種をまいているのは往々にして自分だという朝丘君の台詞が忌々しく蘇る。

夕方、作り直した書類のチェックを頼みにボスの所へ行くと「今晩、時間あるか?」と尋ねられた。河合から夕飯に誘われたのは三度目だ。最初は配属になった時、二度目は私が初めて大きなミスをした時で、食欲がまったく湧かなかったが無理をして食べ、二度ともあとでお腹を壊した。けれど断るわけにもいかなかった。

「結婚する予定があるって聞いたけど、そうなのか？」

その晩、社用でしか使わないような変に気取ったしゃぶしゃぶ屋で、河合はいきなりそう切り出した。煮立った鍋に野菜を入れようとしていた私は菜箸を置く。

「そんな噂がたってるんですか？」

「隠しても仕方ないから言うけど、大石のこととケンヤとかいう男のことがセットで広まってるよ」

絶望的な気持ちになり、私は小さなビールのグラスをあおった。合コンの女王だ。信頼していたのに裏切られてショックだったが、彼女を責められるほど私は清廉潔白な身ではない。求婚されて悩んでいる女が、ほいほい誰とでも寝ているのが気に障ったのだろう。大石とて機嫌を損ねるのも無理はなかった。これで仕事がやりにくくなっただろうし、そういえばクリスマスに切羽詰ったメッセージまで入れたのだ。見放されて当然だった。

河合がビールを注ぎ足してくれるのを待ってみたが、気がつかないのか、親切にする筋合いはないのか無視された。もう礼儀などどうでもよくなって手酌でグラスを満たす。すると、かすかだが彼が笑ったように見えた。

「結婚はまだ分かりません。大石さんの事は本当です。すみませんでした」

「謝ってもらってもね。何してもいいけど、仕事をおろそかにするなら、結婚して辞めてくれた方が助かる」

ストレートに言われて私は下を向く。容赦ない人だとは知っていたが、それでもやはり傷ついた。

「河合さんって結婚なさってるんですよね」

「してるよ。子供が二人。上は小学校の三年生」

感情のこもっていない声で彼は言い、牛肉を鍋の中で泳がせる。拾いあげて食べるその口元を見ながら、こんな人でも家庭に帰れば優しいのかなと思った。

「ずいぶん大きいお子さんがいるんですね」

「ああ、学生結婚だったから」

それを聞いて私は目を瞠った。そういえばこの人も心理の博士を出ていた。

「失礼なんですけど、よく生活できましたね。奥様が働いてらっしゃったんですか」

「そうだよ。女房は教師だから。なんでそんなこと聞くんだ?」

「結婚しようと思ってる人、まだ院にいるんです」

もう半分会社を辞める気になっていた私はビールの酔いも手伝って、朝丘君のことを相談してみることにした。さすがにセックスレスのことまでは言えなかったが、出会ってから今に至るまでのことを父の話も含めてだいたい話した。長い話なのに、ボスは迷惑そうでもなく黙って私の話を聞いていた。話し終わると沈黙が漂い、私は後悔しはじめた。きっと呆れさせたのだろう。

「その彼とお父さんの問題というより、要は君の成功恐怖なんじゃないの？　君だって心理学かじったんだろう」

あっさり言われて私は肩を落とす。

「やっぱりそうですか？」

「なんだ、分かってるんじゃないか。それなら話が早い。半端な気持ちで仕事されたらまわりが迷惑だからね。その男を養うくらいの気持ちで働いてくれよ」

「いやですよ」

「何を勉強してきたんだ。まったく学費出した親は泣くよ」

そこで私たちは声を合わせて笑った。小さくではあったが、本当に久しぶりにちゃんと笑った気がした。

「囚人のジレンマで思い出したよ。参考になるかどうか分からないけど、毎年クリスマスにうちでもジレンマ問題があってな」

笑ったらふいに食欲が出てきて、私は肉を箸でつまんだ。

「クリスマスだけは女房が無理してケーキを焼くんだよ。それを四等分するんだけど、俺は甘いのは苦手だからちょっとつついてあとは子供にやるわけだ。で、子供二人はそれを半分に分けるんだけど、毎年どっちが大きかったってごねて喧嘩になるんだ」

「幸せそうでいいですね」

微笑ましくて言うとボスは咳払いをする。

「そういう話じゃない。で、去年もがたがた騒ぐから女房が解決策を考え出した。何だと思う？」

さあ、と私は首を傾げる。

「子供にケーキを切らせることにしたんだ。上の子が切って、下の子が大きいと思う方をとる」

ああそうか、と私は頷いた。もし二人共大きい方が欲しいなら、ナイフを持った上の子はなるべく同じ大きさに切らなくてはならなくなる。明らかに大小をつけてしまったら、下の子に大きい方をとられてしまうからだ。

「いい奥様ですね」

「だから、そういう話じゃないって言ってるだろ」

最後にうどんを食べながら、私はもう一度仕事はちゃんとやるように厳重注意を受けた。帰りの電車の中で、私はボスから指摘された成功恐怖の感情について考えた。私は朝丘君に嫌われるのが恐かった。このまま結婚をして、私が家計の収入の柱を握ったら、やがてプライドの高い彼は傷つきはじめるだろう。そんな彼を受けとめる自信が私にはまったくなかった。私はできればいつまでも弱者でいたかった。ずっと今までそうだったように、朝丘君の方が大人で頭がよくて、ただ安心して従っていたかったのだ。

父親にはいつの間にか白髪が増えた。いつの日か、あの父親でさえ私は庇護する立場になる。それを認めるのが恐かった。

男の人は偉いな、そして可哀相だなと私は夜の電車で居眠りをするサラリーマンたちを見て思った。男に生まれたばかりに、仕事先でも家庭でも強者であることを要求される。小さい方のケーキでいいと言うわけにはいかないのだ。

朝丘君と私は大きいケーキを相手に押しつけあっている卑屈な子供だ。彼と私はそっくりなのだと改めて思った。

次の休みに私は彼に呼び出された。気は進まなかったが彼の本当の経歴を聞いてみようと勇気を奮い起こしてアパートを訪ねると、初老の女性がいたので驚いた。彼女は朝丘君の母親で、私に深々と頭を下げた。朝丘君の奇襲攻撃には慣れたつもりでいたが、かなり動揺してしまった。

「うちの息子が本当にいつもお世話になりまして、すみませんです」

私の母が若作りなのかもしれないが、朝丘君の母親は祖母と呼んでも違和感がないくらい歳をとって見えた。私は「はじめまして」と頭を下げながらどぎまぎと彼の方を見る。

「さっき突然来たんだよ。まったく連絡くらいして来ればいいのに」

台詞と裏腹に朝丘君は嬉しそうですらあった。本当に突然来たのだろうか。今までそんなことは一度もなかったのだから、嘘ではないにしろ、突然息子のアパートを訪ねたくなるようなことを彼が母親に言ったのではないかと私は疑った。

「美都さんでしたよね。わたくし、すぐ帰りますのでね。本当にすみません」

「いいえ、そんなこと……。私が帰ります。お邪魔でしょうから」

「とんでもない。押しかけたのはこっちですから。どうぞ座ってください。すみません」

彼の母親はさっきから「すみません」を連発していて、それが気に障った。何をそんなに謝る必要があるのだろう。

「あー、コーヒーしかないや。お袋、コーヒー駄目だろう。なんか買ってくるよ」

芝居がかって彼が言う。私が行ってくると言いかけたが、きっとこれは彼の作戦なのだろうと思ってやめた。それより母親と二人きりになって彼の思惑を聞きたい気持ちの方が大きかった。

ジャンパーを着て彼が部屋を出て行ってしまうと、部屋の中がしんとした。ラジオを点けようかとも思ったが、私がこの部屋に来慣れていると思われるのも何だかいやだった。

「本当にうちの息子がすみませんです」

彼女は同じ事をまた繰り返した。銀髪に近いセットされた髪も、カシミアらしいカーディガンもお金がかかって見えるが、その外見と態度のギャップが変だった。

「あの、今日はこちらにいらっしゃるついでか何かがあったんでしょうか」

失礼に聞こえないよう、私は遠まわしに用件を尋ねた。

「いいえ。ついでだなんてとんでもない。息子が結婚すると聞きましてね。とにかく飛んできたんですよ」

やっぱり。私は溜め息を堪えた。

「あの通りわがまま息子なんで、本当にご迷惑をおかけしますが、どうかよろしく面倒みてやってください」

頭を下げられ、私は慌てて否定した。

「ちょっと待ってください。まだ結婚するって決まったわけじゃないんです」

「そうなんですか？」

そこで部屋の隅に置いてあった石油ストーブがぷすぷすと音をたてて消えていった。母親と私は同時にストーブの方を見る。

「あら、石油がないみたいね。買い置きしてあるのかしら」

とぼけた様子で立ち上がろうとした彼女を私は制した。

「聞いてください。本当に結婚なんてまだ無理なんです、私たち」

「あら、そんなことないでしょう。美都さん、立派な会社にお勤めだって聞きましたし、あの子が学校にいる間は私共も仕送りいたしますから」

平然と彼女は言った。そして「石油、石油」と立ち上がる。

「田舎ですけどね、主人がマンションをいくつか持っているんで家賃収入があるんですよ。まあいずれはあの子に譲るつもりですから、美都さん、あんまり心配されなくても大丈夫よ」

背中を向けたまま母親は言う。そうか、私の誕生日のご馳走も、ラヴリングも、彼が風俗に行くお金もそこから出ていたのだと突然実感が湧いた。けれど私だって彼と同じだ。父の建てた家に住み、父の給料で学校に行き、朝丘君とのデート代も元をただせばそこから出ていた。

「あの、すみません」

赤いポリタンクを台所で見つけ出した母親に今度は私が謝った。

「今日は帰って頂けますか」

彼女は振り返って目を瞠った。何やらわけの分からないことを方言でわめきはじめたが、私は聞かなかった。この部屋を借りているのは私たちだと母親が言うので、じゃあ私が帰りますと言ってコートを羽織った。石油臭いアパートの扉を閉め、私はバス停に向かった。

バスに乗ろうとした時、朝丘君が走ってこちらにやって来るのが見えた。無視してバスに乗ってやろうかとも思ったが、それではあんまりな気がして私は彼を待った。

「なんだよ、急に。態度悪いな」

息を切らして彼は私の腕をつかんだ。それを私は振り解《ほど》く。

「それは朝丘君でしょう。お母さんに言いつけるなんて子供みたいなことして」

我ながら冷たい声が出た。いつもなら余裕で反論してくる彼がひるんだような顔をした。

「ねえ、本当は私の気持ちなんか全部分かってるんでしょう？　私が浮気してたことだって気がついてたんでしょう？」

色白の彼の顔がさらに白くなってゆく。私は少し泣きたくなった。

「私が朝丘君とは結婚しないって言ったら、別れるつもりだった？」

「どうして別れる必要があるんだよ」

「じゃあ別れない？　私、いくら朝丘君がねばっても結婚しないよ」

通りかかった学生たちが、別れるの別れないのと言っている私たちを面白そうに見ていく。

ナイフを持たされてケーキを半分に切りなさいと言われた子供のように、彼が必死に自分の欲と得を考える顔をした。きっと私も長い間こんな顔をしていたのだろうと思った。

次のバスが来たので私はそれに乗った。朝丘君は石畳の舗道に立ちすくんで、私が乗ったバスが遠ざかるのをずっと見ていた。


参考文献・「囚人のジレンマ」ウィリアム・パウンドストーン（青土社）

あいあるあした

居酒屋をやるのが夢だったわけではない。そんなことは、会社を辞めると決めるまでは空想もしたことがなかった。

仕込みを終えて手を洗い、藍の法被《はっぴ》と前掛けを新しいものに替えて一服をする時、俺はいつも不思議な感覚に襲われる。古いカウンターと安普請な壁と天井。等間隔で並べた調味料入れとアルミの灰皿。もう一時間もしたら十二のカウンター席しかない狭い空間には、常連や通りすがりの客たちと、彼らが吹き出す煙とざわめき、備長炭が串焼きを焦がす匂いで充満することだろう。

開店前に想像するほんの一夜の出来事に、俺は妙な違和感とやすらぎを覚える。俺の人生はこんなはずではなかったと頭の底の方に苦い感覚が薄くへばりついているが、その上に充足感と諦めのような感覚がふんわり甘く乗っている。たまに食べるプリンのようなものだなと、馬鹿馬鹿しいことを毎回連想するのだ。

壁にかけた無骨な時計が五時になるのを見て、俺は煙草をもみ消し立ち上がった。それと同時に引き戸が開いて、アルバイトの青年が入ってきた。昨日まで金髪だった頭が鮮やかなピンクに変わっていた。

「なんだよ、流行ってんのか、その頭」

「おはようございます」

「昔、夜店で売ってたひよこみたいだぞ」

「腹減った。賄《まかな》い何すか？」

「人の話を聞けよ。マーボー作ってあるから食え。昨日の煮込みも残ってるから片づけていいぞ」

話がかみあわないまま、俺は暖簾を持って店の戸を開ける。アルバイトの太久郎が担いできたギターケースを椅子の上に置き、早速炊飯器の蓋を開けにいった。外へ出て空を仰ぐ。低くたれ込めた雲は今にも冷たい雨を落としてきそうだ。少しの雨ならかえって客足が増えるのだが、昼の天気予報では大雪の恐れもあると言っていた。ぼろぼろになった提灯の電源を入れて店に戻ると、カウンターの端で太久郎がどんぶり飯の上に盛ったマーボー豆腐をかっこんでいた。子供のように痩せているのに信じられない量を食う。若さのせいか貧乏のせいか、その両方なのか。

五時を五分きっかり過ぎたところで、今日も最初の客が来た。近所に住んでいるらしい無口なじいさんで、開店当初からほぼ毎日この時間に現れる。銭湯帰りに寄るようで、いつも洗面器にタオルと財布を入れていた。夏でもビールは頼まず、熱燗二本とつまみを少しとり二時間ほどぼんやり過ごして帰っていく。俺にとっては理想的な客だ。

「らっしゃい。今日も冷えますね」

「うん。夜は雪らしいね」

黙々と賄いを食べる太久郎と逆の端の席に風呂帰りのじいさんは座り、もうそれ以上何も言わなかった。太久郎がギターを倉庫にしまいにいって食べ終えた食器を洗い、Tシャツの上に法被を羽織る頃には、ぼちぼち見覚えのある客がやってくる。だいたいはこのあたりの商店街の親父かご隠居で、会社帰りのサラリーマンが入ってくるのは七時を過ぎてからだ。

戸の開く音と「さっぶっい」と女の声がした。誰かが「よお、スミちゃん」と声をかける。俺は頭を上げずにネギを刻む。言わないのも変なので彼女の顔を見ないようにして「らっしゃい」と声だけ出した。

「もう雪ちらついてきたよ。真島《まじま》さん、私お湯割ね」

本名で呼ぶなとあれほど言ったのに、と俺は内心舌打ちした。確かに「マスター」と呼ばれると虫唾《むしず》が走るのだが、せめてお兄さんとか大将とか、不本意だけれどおじさんと言ってくれた方がいい。俺は黙ったまま焼酎をポットの湯で割って彼女の前に置いた。

「スミちゃん、そんな薄着で寒くないの?」

八百屋の親父が彼女にすかさずにじり寄る。

「いや～若いからね」

「おじさんがセーター買ってやろうか」

「ホントに？　じゃあ駅前のスーパー、最近十時までやってるからあとで行こうよ」

すみ江は「やった」という顔でこちらを見た。俺は非難の視線を送ってやったが、彼女は気にする様子もなく焼酎に入れた梅干を箸で崩している。

この女は客であって客でない。何故なら今、こいつは俺の部屋に住んでいるからだ。客たちは「二人はあやしい」とは思っていても、一緒に住んでいることまでは知らないと思う。俺と太久郎は喋らないが、すみ江はどうだか分からない。だが、客たちが言い出さないということは彼女が言いふらしていないということだ。それは彼女の口が堅いからではなく、店主の女だと知れたら客たちとちゃらちゃらしにくいからだと俺には思えてならない。

ぼちぼち常連以外の客が暖簾を割って入ってくる時間になった。俺も太久郎も慌《あわただ》しくなってくる頃、今日も場違いな感じのする若い女の二人連れがやってきた。おどおどした態度から飲みに来たのではないことは明らかだった。俺がわざと無視していると、彼女たちは入り口付近で串を焼いている太久郎に声をかけた。

「あの、こちらで手相を観てくれるって聞いたんですけど……」

太久郎は黙ったまま顎でコの字型に曲がった奥のカウンターを示した。そこではすみ江が八百屋の親父とはしゃいでいる。余計なお世話と知りつつ、俺はすみ江に「客だぞ」と低く言ってやった。彼女は顔を上げて入り口につっ立ったままのOL風の女の子たちに手を振った。「こっちこっち」と旧知の友人のように呼び寄せ、焼酎のグラスを持ったまま奥にひとつだけあるテーブル席に誘った。テーブル席といってもその上は割箸や調味料や雑多な物の置き場になっていて、普通の客はそこには座らせない。

ほんの少ししかスペースがないその席にすみ江と女の子たちは向かい合って座り、すみ江自らが注文をとって俺に伝え、おもむろに女の子の一人が緊張した面持ちで両方の掌をすみ江に向けた。コートを脱ごうともせず、太久郎が持ってきたビールに口もつけず、すみ江が掌をさして何やら言うのに聞きいっている。もう一人の女の子は付き添いらしく、居心地が悪そうにビールをちびちび飲んでいた。

「マスター、何あれ?」

最近たまにやって来るようになったサラリーマンが俺に尋ねた。

「手相観ですよ。スナック手相観」

「へええ。マスターが雇ってんの?」

「いえ、勝手にやってるだけでね」

「マージンとってるとか?」

「まさか。あの子だって金とってやってるわけじゃないんすよ」

俺や常連にはそろそろ見慣れた光景になっても、そうでない客には奇異に見えることだろう。

「占いなんてどうせ、あなたは強そうに見えて実は繊細だ、とか言うんでしょ」

苦々しい顔でサラリーマンは言う。

「ええ。昔、流しの人がギター抱えて飲み屋にきたみたいなもんで、単なる余興ですよ」

手相や占いと聞くと、人は興味を示すか嫌悪を露《あらわ》にするかどちらかに分かれる。俺もどちらかというと嫌悪派だが、最初に「俺の店で勝手なことをするな」と言い損ね、なし崩し的にこんなことになっているのだ。

三十分もたつと観てもらった女がしくしく泣きだした。これもいつものことだが見慣れない客はぎょっとしている。何もすみ江が意地悪を言って泣かせているわけでない。噂を聞きつけわざわざこんな所に手相を観てもらいにくる女は相当な悩みを抱えているわけで、相手がどんなインチキ占い師だろうと、それを打ち明けられたことで肩の重荷が一瞬降りるのだろう。それにどうやらすみ江の手相観は案外当たるらしく、アドバイスも的確らしい。たまに来る小学校の教師が「あの子は人の話を聞く能力があるよ」と言っていた。そうだろうか。俺はあいつこそ聞く耳持たずの人間だと思うのだが。

ＯＬ風の二人連れは、すみ江の分まで勘定を払って店を出ていった。彼女は鑑定料の代わりに自分の飲み代を客に払わせるのだ。すみ江はＯＬ達が手をつけなかったつまみを持ってカウンターに戻り、何事もなかったかのようにそれを食べだした。

「今日の客は何の悩みさ？」

八百屋が赤い顔ですみ江に尋ねる。

「若い女の子の悩みなんて恋愛に決まってるじゃん。それより西友閉まっちゃうから行こうよ」

「なんだ、覚えてたか」

さっさと食べるものを食べ、残った酒を飲み干すと彼女はご機嫌な様子で八百屋と出ていった。他の常連が「マスター、穏やかじゃないねえ」と俺をからかう。口だけ笑いながら睨んでやると、その客は慌てて隣の客と別の話をはじめた。


十一時の閉店の時間になると、太久郎は後片づけもせず生き生きと店を出ていく。五時から十一時で早出も残業もなしということで雇っているから仕方ないにしても、多少腹がたたないでもない。一人で食器を片づけていると「ただいまあ」と酔っ払った声ですみ江が戻ってきた。スタジャンを脱ぐと変なピンクの安っぽいセーターを着ている。

「買ってもらっちゃったあ」

「しかも飲んできやがるし」

「あたしの勝手じゃん」

「ただより高いものはねえんだぞ」

「なにそれ。ニホンゴ難シイネー」

平然とそう言って、彼女はセーターを脱ぎTシャツ一枚になってカウンターに入ってきた。俺からスポンジを取り上げて洗い物をはじめる。俺がやれと言っているわけではないが、気が向くと彼女はこうして店の手伝いをする。仕込みをやることもあるし、営業中に俺と太久郎の二人で手がまわらない時があると、皿を下げたり料理を出したりするくらいのことはやる。ただそれは気まぐれで、店が忙しかったり、太久郎が休みの日でも平気で客の誰かとよその店に行ってしまうこともあるのであてにはできない。

俺は煙草に火をつけて、手近の椅子に腰かけた。ほろ酔いで鼻歌を歌って皿やグラスを洗うすみ江を眺める。いくら店の中だからって二月にどうしてTシャツ一枚で平気なのだろう。太久郎も痩せているが、すみ江も中学生のように細かった。胸も尻もぺたんこで、腕と足は人形のように白く細い。髪はずいぶん前に染めたものが伸びてきて、艶はないし枝毛だらけだ。けれどそれがラフないい感じを出していなくもない。これで顔が美人だったら、きっとこいつの人生違っただろうなと口には出さねどしみじみ思う。可愛くないわけではないが、白い顔にはそばかすの花が咲き、目は糸のように細くやや離れ気味で、口は天真爛漫というか下品というかとにかくでかい。しかし男好きする顔だ。美人というのは隙がないが、彼女の容姿は隙だらけだ。明るいし、酔っ払いのあしらいもうまいし、ちゃんと店でもやったらさぞ繁盛するスナックのママになるだろう。

「腹減ってないか？　メシ余ってるぞ」

「ううん。八百政さんに焼肉食べさせてもらったから」

「あのなー、何度も言うようだけど」

「ただより高いものはない、でしょ。でも八百政さんがあたしのこと強姦したり、どっか売り飛ばしたりするわけないじゃん」

そういうことを言ってるんじゃない、と喉まで出かけたがやめておいた。彼女に貞操観念があるかどうか怪しいし、俺にそれをとやかく言う権利はない。

俺は黙々と床とトイレの清掃をし、それを終える頃にはカウンターの中は彼女が全部片づけていて、俺たちは揃って店の外に出た。アスファルトにはうっすら雪がつもっていたが、空から落ちてくるのはもう雪ではなく霙《みぞれ》まじりの冷たい雨だった。「さっぶう」と言って傘をさした俺の腕に彼女が両腕をまきつけてくる。いくら黙っていても、これでは客に俺たちが同棲していることが知れる日も近いだろう。構わないといえば構わないが、やはり客の中に自分の女がいるというのはやりにくい。ちゃんとアルバイトとしてでも働いてくれたらいいのだが、それは先日話してあっさり断られていた。働くのなんてまっぴらごめんだそうだ。命令するなら出て行くよ、と彼女は脅しどころか同情まじりの優しい声で答えたのだ。

歩いて十分の所にあるアパートに着くと、彼女は石油ストーブを点け、台所のコンロを点けてやかんをかけ、風呂のガスも点けた。部屋中の熱源を一気に入れたかと思うと、店でやったのと同じようにスタジャンを脱ぎ、八百屋に買ってもらったセーターを脱ぎ、靴下も脱いでついでにジーンズも脱いだ。寒さを感じないのだろうか、この女は。

Tシャツ一枚で茶をいれようとする彼女の背中に、思わず手をのばした。抱きしめると乾いた体臭がする。彼女は笑ってこちらに向き直り、唇を重ねてくる。あっという間に下半身が反応するのが分かった。俺はもう女はこりごりだったはずなのに、何をやっているのだろう。Tシャツの裾から手を入れて、俺が買い与えたブラジャーのホックを外す。彼女の小さな胸を掌で包むとすみ江は笑いを含んだ息を吐いた。この女は誰なのだ。俺は何をやってるんだ。またもや気持ちの底にカラメルの味を感じつつ、俺は彼女を抱いた。

すみ江が店に現れたのは半年ほど前だ。ちょうど俺の店が開店して二年、最初太久郎のバイト代を捻出するだけでも大変だった店がやっと軌道に乗りはじめ、月商二百万余りを上げるようになって一息ついた頃だった。

彼女は男に連れられ現れた。二人揃って髪を赤茶に染め、タンクトップに短パンとビーチサンダル姿で、人目構わずいちゃいちゃしていたので、よくいるヤンキー上がりのカップルだと思っていた。何度か二人で飲みにきて、その後しばらくこないなと思っていたらある日彼女が一人でふらりと現れた。顔の左半分がかすかに腫れ、目の縁には治りかけてはいたが、明らかに殴られた青痣が残っていた。常連の誰かが声をかけると「引っ越すからついてこいって言われて、断ったら殴られた」と彼女は明るく言っていた。

その時、正直俺は面倒だなと思った。それでなくても女の一人客は苦手なのに、そんな訳ありの客は店にとっていい客なわけがない。だが俺の思惑をよそに常連の親父たちは彼女に大袈裟に同情を寄せ、彼女がくると誰かが勘定をもったりしていた。お礼にと言って、彼女は親父たちの手相を観ると言いだした。勉強したことがあるのかないのか知らないが、何歳の時に結婚して子供が何人で、何歳の時に浮気をして夫婦の危機があったでしょ、などと親父たちは言い当てられて感嘆の声をあげていた。ほら、エロ線がくっきりあるから浮気癖はなおらないかもね。でもっれあい線がしっかりしてるから離婚はないと思うよ。でも奥さん大事にしないと駄目だよ。悪いことすると手相ってどんどん変わるんだから。

そんなふうにすみ江は客たちを喜ばせた。一躍彼女は店の人気者になり、無銭飲食をしているわけではないので来るなとも言えなかった。毎晩のように彼女は店に現れ、誰かの手相を観てはその客に勘定を払わせ、大抵はその客と二軒目に飲みにいっているようだった。その頃俺が彼女にもっていた感想といえば、尻軽の変な女、というくらいなものだった。俺が好きな女のタイプからはかけ離れていたし、トラブルでも起こしたらそれを機に「もう来ないでくれ」と言ってやるつもりだった。

事態が変わったのは、八月も終わりに近づいたある日、バイトの太久郎が「あの子、公園で野宿してるみたいですよ」と言いだした時だ。ゲイの彼（前に「ホモなのか？」と聞いたら「ゲイです」と強く訂正された）は女には興味がないが、人間としての倫理観は一応もちあわせているらしく、あんな所で寝てたらそのうちヤバいことになるよと怒った顔をして言った。彼の不機嫌はいつものことだが、客の心配をするのは珍しいことだった。

だったら太久郎に様子を見に行かせればよかったのだが、彼は店が終われば飛ぶようにバンドの練習に行ってしまう。俺だって関係ないといえば関係ない。客同士、他の店に飲みに行こうが勢いで寝ようが野宿しようが知ったことではない。なのに、どうしても俺は太久郎の話が気になってしまい、店を閉めたあと彼女が野宿しているという公園に寄ってみたのだ。敷地に図書館と児童会館がある、このあたりではわりと大きな公園は林と呼べる程度に木々が生い茂っていて、なるほど夜ともなれば物騒だ。ベンチには酔っ払いやホームレスの親父が寝ているし、物陰では喘ぎ声をたてているカップルもいる。

お巡りか警備員くらい見回りしろよと文句を呟きつつ、彼女を捜しまわった。あちこち派手にやぶ蚊に刺され、やっと俺はすみ江を見つけた。公園の砂場の横、象の形をした滑り台の下で彼女はくうくう寝息をたてていた。まさかそんな見つかりやすい所にいるとは思わなくて、勝手に捜しておいて腹がたった。鼻が滑り台になった大きな象は、おなかのあたりがちょうど子供が通りぬけて遊べるようにトンネルになっていて、彼女はそこにいつも持っているリュックを枕にして丸くなって眠っていた。「おい」と何度呼んでも目を覚まさなかったので、仕方なくゆすり起こすとさすがに彼女はびくりと震え、目を見開いてこちらを見た。俺がいつも行く店の店主だと分かると「なあんだ」と呑気に笑ったのだ。

泊まる所がないならうちへ来い。そんなことを言うつもりはなかったのに、彼女の一瞬の怯えた表情を見たら放っておけない気持ちになった。関係ないといえども常連客が強姦されたなんてニュースは聞きたくなかった。

彼女は「いいの？」でもなく「すみません」でもなく「わーい、ラッキー」と言ってついてきた。その恐縮とは程遠い態度に、自分の阿呆さ加減を後悔したが遅かった。アパートに着いて、大家が書いた部屋に似合わぬやたら達筆の表札を見、彼女は笑い転げた。

「真島誠だって」

「それがどうした。何が可笑しい」

「ぴったりだねえ。マジオって呼んでいい？」

ふざけんなと怒鳴ったのに、彼女はまったく反省の様子を見せず、台所と六畳一間の俺のボロアパートの中を見て「広いね」と見当外れなことを言った。

よく見ると髪はぼさぼさだし手足も薄汚い。人はこうやって路上の人になっていくのかと思いながら、風呂を沸かして彼女に入るように命令した。喜んで彼女は長風呂をし、俺のトニックシャンプーの匂いをさせ、俺のTシャツを一枚着て出てきた。名前と出身地となんで家に帰らず野宿なんかしているのか問いただそうとして待っていた俺に、彼女は「優しくしてくれてありがとう」と言って抱きついてきた。やめろと言って振り払った。それでも彼女はふざけたように唇を押しつけてくる。抵抗も虚しく、十分もたたないうちに俺は彼女に乗っかられていた。この女、病気持ってそうだなとか、こういうのは強姦っていわないのか、と思いつつも、一度火が点いてしまったらもう自分が止められなかった。風俗以外の女を抱いたのは久しぶりだった。すっぴんで子供のような彼女が俺の動きにあわせて眉をよせ、甘い声をもらすのを見ているうちに、俺はどんどん昂ぶっていった。俺としたことがコンドームをする間もなく果ててしまった。

一度外れたタガは修復しようもなく、体力が尽きるまで俺は彼女を貪った。明け方にやっと平常心をとりもどした俺は、傍らで屈託なく寝息をたてている彼女を見ながら、きっとこの手で男を渡り歩いてきたのだろうとぼんやり思った。だが俺にはこんな女が似合っているのかもしれないと、久しぶりに安らかな気持ちで眠りに落ちていったのだ。

バレンタインデーだか何だか知らないが、その日は五時を十分過ぎてもいつもの風呂帰りのじいさんが来なかった。まあ来ない日もたまにはあるのだが、風邪でもひいたのかとやや心配になる。心配したところで俺はそのじいさんの名前も家も知らなかった。

常連の範疇に入る客は他にも何人かいるが、こちらから客に話しかけたり質問したりすることはなかった。常連だけで盛り上がっている家族的と呼ばれる店が俺は嫌いだ。初めての一人客でもぶらりと入れる店にしたかったので、常連も一見さんも分け隔てなく接することにしているのだ。メニューもわざと工夫せず、その日に仕入れた刺身と何の変哲もない焼き物で、酒も今流行りの大吟醸など意地でも置かず、日本酒も焼酎もビールも一銘柄だけだ。けれどそんな店こそ必要とされているはずだ。いや、俺は必要としてきた。仕事を終えて家に向かう途中にある寒い路地に、ぼんやり朱色に浮かび上がる提灯は、コンビニよりも暖かく見えるに違いない。そこでしがらみのない人間たちと、喋っても喋らなくても、埋もれて紛れて酒を飲む。これは俺の理想の店だ。

その理想のはずの店には、六時近くなっても客が一人も現れなかった。珍しく仕込みから手伝っていたすみ江と太久郎が、隅の方でカウンター越しに何やら話し込んでいる。聞くともなしに聞いていると、学生時代に流行ったイギリスのロックバンドの話をしていた。どうやら二人はそのバンドのたった一度の来日公演に偶然行っていたらしく、それで盛り上がっていた。音楽など興味のかけらもない俺は、疎外感からわざと棚の日本酒の埃を拭いたりしていた。俺はすみ江の年齢を知らないが、話からすると二人は同年代なのだろう。

太久郎とすみ江は案外気があうようだった。俺の部屋に彼女が居候をはじめて、なんとなく店の手伝いをするようになった時、俺は太久郎に反発されるような気がしていた。きっと俺がすみ江をアパートに住まわせていることにも気がついているはずだが、彼は何も言わなかった。お互い仕事以外のことは干渉しあわないが、店のこととなれば太久郎にも口を出す権利はある。しばらくの間は太久郎は彼女を無視し（といっても彼は客の注文と会計以外は何でもかんでも無視しているに近い）彼女の方は他の客に接するのと同じように屈託なく太久郎に話しかけていた。やがて彼はすみ江の言うことにたまには相槌を打つようになり、やがて二人は客がいないと世間話をするまでになった。野良猫二匹が徐々にテリトリーを共有するのを見ているようで、面白いといえば面白かった。

だが彼が女には性的興味がないのを知っていても、太久郎とすみ江が楽しそうに話しているのを見るのはあまり愉快なことではない。外見だけなら、俺より太久郎の方がすみ江にはよく似合っている。

太久郎とは俺がこの店をはじめる前、生活費と調理師免許をとるために勤めていたフランチャイズの焼き鳥屋で知りあった。短く刈り込んで金色に染めた髪と、耳どころか瞼と唇にもピアスをつけたアルバイト店員だった太久郎は、その外見とは裏腹に真面目で無口でよく働いた。もし俺が店を持つ日がきたら、こいつを誘ってみようとずっと思っていたが、警戒されるのを恐れてその店では親しく声をかけたりはしなかった。独立の見通しがたった時に初めて打診してみると、彼は特に驚いた顔はしなかった。そのフランチャイズ店を利用して飲食店経営のノウハウを吸収しようとしていた俺の本心は、表立って言わなくてもきっと態度に表れていたのだろう。

彼は無表情に、自分はプロ志向のバンドをやっているので正社員にはなれないと答えた。夕方から閉店までは働くが、それ以上のことはできない。ライブのある日だけは休ませてほしいと逆に条件を出された。本当は正社員になってほしかったが、彼なら仕事上何も教えることはないし、バイト代も相場でいいというので働いてもらうことにした。雇用契約が成立したところで、お前みたいな若くていい男がいたら客が女ばっかになっちゃうかなと冗談を言ったら、俺ゲイですから、とにやりと笑って返されたのだ。ホモか？　思わず問うと、ゲイですと訂正された。ホモとゲイはどう違うんだと固まった俺に「真島さんだって女なら誰でもいいってわけじゃないでしょ。俺だって男なら誰でもいいってわけじゃありませんよ」とこっちの心中を読んだようなことを付け加えた。

すみ江と太久郎が声をあわせて笑った時、店の戸が開いた。のっそりと顔を出したじいさんは「よお」と俺を見て笑った。

「淀橋さん。お久しぶりです」

俺は弾けるように立ち上がる。

「ほんまご無沙汰やな。元気でやっとるか」

「淀橋さんこそ、いつ退院されたんですか」

「うん、先週な。酒飲んだらあかんらしいけど、ぬる燗頼むわ」

医者からアルコールを止められている客に酒を出していいかどうか一瞬迷った。けれど、飲んで愉快に寿命を縮めるか、飲まずに退屈に生き長らえるかは本人の問題だろう。

すみ江は一応客なので、彼女の前には大ジョッキとお通しが置いてある。淀橋はすみ江から椅子ひとつ間隔を置いて腰を下ろした。

「別嬪《べっぴん》さん、太久郎のコレか？」

卑猥に小指を上げて彼はすみ江に尋ねた。

「いいえ。彼、ゲイですもん」

「おお、そうやった。ほんなら真島のか」

「あたしが誰とやってるか、おっさんなんで知りたいの？」

「そりゃ、あんたが別嬪さんやからや。どや後妻にこんか」

「おっさん、奥さん亡くしてるの？」

「ああ、もう三周忌が終わったとこや。そろそろ嫁はんもろても、おかんも許してくれるやろ」

「奥さん、あたしに似てた？」

「似てるかいな。うちのは牛やらカバやらそういう人間離れした生きもんやった」

あっという間に二人は打ちとけ、軽口を叩きあっている。客とすみ江がべたべたするのは見慣れた光景だったが、相手が淀橋なので俺は内心はらはらしていた。

彼は以前この店の持ち主だった男で、時折思い出したようにやって来る。三年前、俺が店舗探しに苦労している時に現れた救世主だ。飲食店を持とうとしたら誰だって立地がよく家賃が安い物件が欲しい。俺が捜していたのは、十五坪以下で拓《ひら》けすぎても閑散としてもいない首都圏の駅近く、できれば路面で家賃二十五万以下の店だったが、そんなものは捜したってありはしなかった。立地か家賃を諦めなければと頭を抱えていた矢先、仲介の不動産屋が掘り出し物が出たと興奮して電話をしてきた。都心から一時間ほどの街に昔からある居酒屋の主人が、奥さんを亡くしたのを機に、店を売りたがっているということだった。

街自体はごくありふれたベッドタウンで、駅前にできた大型スーパーマーケットのせいで商店街はシケていた。店はその駅前商店街から一本路地を入った分かりにくい所にあったが、再開発地域でオフィスビルとマンションが建ちはじめたことで新規の客がつかめそうだった。持ち主の淀橋は、妻を突然亡くして意気消沈しているようではあったが、それでも商売の話はちゃんとした。売主が次の経営者に口を出す筋合いはないが、できれば店の面影を残したままにしてほしいと重々しく言った。

そして見せてもらった店舗は、もうこれ以上は望めないというくらい俺の理想にあっていた。間口の狭さと年季の入った提灯。何十年もかかって客が染みつけたカウンターの消えない汚れ。新品で清潔な店なら金さえあればいくらでも作れるが、歳月が与えてくれた情緒は金では買えない。俺は即決し、店の名前も変えず、調理場以外は極力手を入れないことを約束した。淀橋は「ええ男にめぐり会えてよかった」と涙まで滲ませて俺の手を握った。

しかし、いい親父だと思ったのはそこまでだった。正式契約を終えたその日、俺と淀橋は当然のように飲みに出て、最初の店こそ下町の気取らない寿司屋だったが、そこから先がご乱行だった。頑固な居酒屋の親父というイメージを勝手にもっていた俺もいけないが、二軒目は彼の行きつけらしい場末のスナック。そこで浴びるように酒を飲んで女の子に触っていやがられ、三軒目は触ってもいい店にとキャバクラへ行き、そろそろ帰った方がと進言する俺の頭を殴り、四軒目はフィリピンバーに連れて行かれた。そこにどうやら彼の女がいて、淀橋は俺にボトルを入れさせるだけ入れさせて、その女と車でどこかに去って行った。一軒目の寿司屋から勘定は全部俺がもった。いい店を譲ってもらったにしてもやられたと思った。エロじじい、いつか仕返ししてやると思っていたら、長年の深酒が祟《たた》ったのか、去年とうとう肝臓を悪くして入院していたのだ。戸が開く音がして見ると、また若い女の二人連れが、暖簾の蔭から店の中を覗いていた。どうして若い女というのは一人でやって来られないのだと、女の一人客は苦手なくせに矛盾した憤りを感じる。ショートカットで快活そうな感じの方が「あの手相を」と俺の顔を見て言った。すみ江が「はいはい、こっち」と手をあげ、店も空いているのでカウンターの奥に三人で移動していった。ウェイブのかかった長い髪の方がすみ江におずおずと手を差し出している。最近はそういう客が増えたので「手相観セット」という生ビールと軽いつまみが二点ついたものを勝手に出すことにしはじめた。

淀橋が何か言うかなと思ったら、彼は不愉快そうでもなくその様子を眺め、全然関係ない話を俺にした。フィリピンバーの女にふられたことや、病院でふざけて看護婦の尻に触ったら婦長に怒鳴られたことやそんなことだ。

やがて長い髪の方がカウンターにつっぷすようにして泣きだした。そこまではいつものことだったが、やおら彼女は立ち上がり「ふざけんじゃないわよ」と大声で言ってすみ江の顔にジョッキのビールを思い切りぶちまけた。俺がやめろという前に、その女は泣きながら店の外へ駆け出していった。あっという間の出来事に店中がしんとなる。視線は残されてあっけにとられているショートカットの女に注がれていた。

「大丈夫、大丈夫。よくあることだから」

明るくそう言うすみ江に太久郎が黙ってタオルと着てきたトレーナーを渡した。彼女がトイレへ着替えに行くと、ショートカットが俺に向かって「すみませんでした」と謝った。

「いやまあ、あんたが謝らなくても」

俺が語尾を濁していると太久郎がそっぽを向いたまま「謝る相手が違うだろ」と冷たく言った。ショートカットは戸惑うように頷き、俺に会計を求めた。手相観セット二人分とすみ江のビール代を告げる。

「すみませんが、領収書頂けますか」

言葉のわりにはちょっともすまなそうな顔をせず、彼女は俺でも知っている大きな出版社の名前を言った。すみ江がビールをかけられた時より店の空気が険悪になったのにも気づかず、ショートカットは領収書を手にし、にっこり笑って店を出ていった。太久郎が言ったにもかかわらず、すみ江本人に謝りもしなかった。

「やな客」

ショートカットが出ていってしまうと、太久郎が串焼きをひっくり返しながら呟く。

「真島、あの女、気いつけた方がえぇで」

それまで黙っていた淀橋がトイレの方を向いておもむろに言った。それはそうだろう。俺だってこんなことが続くようじゃたまらない。

「お前みたいな男は、ああいうのに骨抜きにされるに決まっとるんや」

店に素人手相観を置いていることを言われているのかと思ったらそうではなさそうだった。淀橋は焼きあがった手羽先を太久郎から受け取りながら俺の顔を面白そうに覗き込む。

「お前の手には余るやろ。ワシに譲らんか」

「譲るも譲らないも、俺のもんじゃないですから」

「ほんまやな」

脂ぎった肉をところどころ欠けた歯で食いちぎりながら淀橋は笑った。そこですみ江がトイレから出てくる。

「いやあ、お騒がせしました。しらけさせちゃったねえ」

濡れた髪を器用にまとめているが、やはり彼女なりにダメージを受けたのか笑顔が痛々しかった。

「ねえちゃん、災難やったな」

「いいの、いいの。ほんとによくあることなの」

「あんたの手相が当たってたから気に障ったんやろ。気にすることないで」

「うん。ありがとう。不倫相手と別れなきゃ、次の男が見つからないって言っただけなんだけどなあ」

「そら気に障るわ。それがでけへんから相談にきたんやろ。どや、おっさんの手相も観てくれるか」

　そう言って淀橋は歳のわりにはふくよかな掌を広げてみせる。

「うわ、変わった手相だね。苦労してきたでしょ」

「おお、変わってるて言われると嬉しいもんやな」

　しばらく二人は顔を寄せ合って、掌を覗き込んでは笑っていた。淀橋がやたらとすみ江の手や背中に触れる。やがて淀橋が「髪がビールくさい」と言いだし、じゃあこれから健康ランドでも行こうという話にまとまった。また寄らせてもらうわ、と言って彼はすみ江を連れ出した。

　俺は淀橋からは勘定をとらない。そういう契約をしたわけではなかったし、いい店を譲ってもらったからというわけでもない。最初に淀橋が飲みにきた時に「ツケで頼むわ」と言われ、断れなかったのだ。詳しくは聞かなかったが彼には故郷の関西へ帰れない事情があり、それはどうやら洒落にならない相手への大きな借金で、店を売った金で全額ではないがそれを返したらしかった。今ではつつましく一人年金暮らしをしていて、入院中一度見舞いに行くと、初めて見舞い客がきたとやたらはしゃいで喜んで、売店で菓子だのエロ雑誌だの新しい歯ブラシまでたかられた。だが、あの体では飲む量もほんのぽっちりだし、言っては悪いがあと十年生きられるかどうか分からない。そんなじじいから金をとる気にはなれなかった。

　楽しそうに腕を組んで出ていく二人を見送って、俺は自分の甘さにほとほとあきれ果てた。店には客はいなくなり、太久郎が大きなあくびをした。

俺はじっと自分の掌を見つめている。妙に早く目が覚めてしまい、二日酔いの気だるい気分のまま万年床に寝転がり、埃だらけのカーテンから差し込む朝の光の中で両手を宙に翳《かざ》していた。

掌の皺なんかで未来が分かるもんか。もし本当に分かるなら、俺はこんな所にいやしないし、すみ江自身もう少しマシな暮らしをしているはずだ。それとも三十六歳の俺が安アパートの煎餅布団の上で、帰ってこない女を待って苛立つことも運命として最初から決まっていたことなのだろうか。

いや、運命などあってたまるか。人生のガイドラインが最初から決まっているとしたら、人の努力はどうなるのだ。貯金と粘りがなかったら今ごろ俺はフランチャイズの雇われ店長だ。太久郎はインディーズでしかＣＤが出せないまま、やがてギターを売り払う日がくるのか。でも手相はどんどん変わるものとすみ江はいつも言っている。俺はすみ江に手相を観てもらったことはなかった。

すみ江に手相を観てもらいにくる客が俺は嫌いだ。最近は若い女だけじゃなく、いい歳こいた男までやってくる。そこまでして、どうして赤の他人に未来を予想してもらいたいのだ。しかもあんなインチキ手相観に。半年後や一年先や五年先に何が起こるか、付き合っている男と別れた方がいいのか転職した方がいいのか、そんなの自分で決めやがれ。自分から観てもらいに来るくせに、外れると鬼の首をとったような顔をする奴もいるし、昨日のようにヒステリックに八つ当たりしていく女もいる。観る方も観る方だし観てもらう方もどうかしてる。雑誌に載ってる星占い程度だと何故笑い飛ばせないのだ。

自分の来し方行く末が分からなくて漠然と不安で、何が間違っていたのか誰かに教えてもらいたいのは分からないでもない。霧の中で立ちすくんで一歩も踏み出せない時、誰にでもいいからあっちだよと言ってもらいたかったことは俺にだってあった。自由に生きろと言われるよりは、ああしろこうしろと言われて生きる方が実は楽だったということを、俺はサラリーマン時代を思い出してしみじみ感じる。儲かるはずだと信じていた理想の店は、秋口からじりじりと売り上げを落としていた。

掌を見て「働けど働けど」と呟いてみる。馬鹿らしくてやっと起き上がる気になってきた。昨日は閉店間際にきた常連客たちと珍しく飲みに出た。こんな商売をしていても、普段は客から勧められるビールを飲むくらいで酒らしい酒を飲んだのは久しぶりだった。なんか荒れてんな大将、と誰かに言われた記憶がある。

のっそり起き上がり、顔を洗って歯を磨き、やかんを火にかけたところで玄関の鍵がガチャガチャ開いた。流しの横はすぐ玄関なので入ってきたすみ江と至近距離で目があう。ぷんと酒の匂いがした。

「ただいまあ。いやー、淀橋さん途中で具合悪くなっちゃってさあ。家まで送ってきたんだけど、病院連れてった方がよかったかな」

「だらだら言い訳すんな」

「言い訳？　何が？」

きょとんと彼女が俺を見る。すっとぼけているのか、本当に何とも思っていないのか。

「あ、コーヒーいれるならあたしにも」

「一言くらい謝れ」

「何を？」

すみ江は着ていたものをバンバン脱ぐと、洗濯してそのまま部屋に干したきりだった俺のトレーナーの上下を着込んだ。なんで朝帰りで罪悪感のかけらもない女にコーヒーをいれてやんなきゃならないのかムカつきつつも、俺は彼女のために砂糖とミルクまで入れてやった。マグカップを受け取り、彼女は「ありがとう」と微笑む。淀橋とやったのかやってないのか問いただしたいのが本心だったが、さすがにそれは自尊心が許さなかった。

「夕べはもちろん淀橋さんに奢ってもらったんだよな」

「うん。ただより安イモノ、ナイネー」

「前にも言ったけど、お前ちゃんと働け」

「えー、やなこった」

「即答すんな」

「おなか空いたなあ。なんか作っていい？」

彼女は俺を無視し、冷蔵庫から野菜やら卵やらを取り出した。この女は案外器用に料理を作るのだ。店ではやらないが、時々うちの包丁を研いだりする。飲食店の経験でもあるのだろうか。

「週に何日でもいいからうちの店でアルバイトしろ。太久郎と同じ時給は出せないけど」

痩せた背中に向かって言っても、含み笑いしか返ってこない。

「俺に雇われるのがいやなら、いっそちゃんと占い師にでもなったらどうだ。お前の手相当たるんだろう。辻占いでもいいし、最近はデパートの中にも占いコーナーがあったりするだろ。自分で自分の飲み代くらい稼げ」

「飲み代は手相で稼いでるじゃんか」

冷や飯を鍋に豪快に入れ、すみ江はちらりとこちらを見た。

「そうじゃなくて、お前だって少しは現金持ってなきゃ困るだろう。どうしてんだよ」

質問には答えず、彼女は溶いた卵を菜箸を伝わせて器用に鍋に流し入れた。すみ江は飲み代を人に払わせたり、俺や常連客に物を買ってもらったりはしているが、現金は一切受け取らなかった。なのに化粧品やら生理用品くらいは自分で買ってくる。ある程度貯金があるのかもしれないが、こんな暮らしをしていていいはずがない。

「言っとくけど、日本には法律で就労の義務って奴があるんだ。健康なのに働かないなんて犯罪だぞ」

そこでできあがった卵雑炊を彼女が鍋ごと炬燵の上に持ってきた。布巾の上に鍋を置き、小鉢をふたつ出してきてしゃもじでよそってこちらに差し出す。

「……うまそうだな」

「でしょう。二日酔いには卵雑炊だよ」

「お前、人の話聞いてんのか」

「聞いてるよ。ねえ、働かないでただ生きてるだけでも税金ってかかるの？」

見当外れなことを聞かれて、俺はれんげを持つ手を止めた。

「国民年金と健康保険くらいは払わないといけないんじゃないか」

「ふうん」

「払ってないのか」

「払えるわけないじゃん」

絶句したあと、そりゃそうだよなと思った。

「健康保険証も持ってないってことか」

「ないよ」

「事故とか大病とかしたらどうすんだよ。お前、保険なしの医療費ってどのくらいかかるか知ってんのか」

薄笑いを浮かべたまま、すみ江はリモコンでテレビのスイッチを入れた。朝のワイドショーではまたもや少年が誰かを殺したニュースをやっている。俺は黙って手を伸ばしテレビ本体のスイッチを切った。さすがにすみ江の顔から笑みが消え、反感を含んだ視線をよこした。

「あたしのことが気に障るなら、もう出て行ってもいいよ」

「もういい。好きにしろ」

俺たちは黙ったまま雑炊を食べた。全部平らげると、彼女は鍋と食器を流しに運ぶ。彼女の傷んだ毛先を見ているうちに、いいようのない不安と困惑がこみあげてきた。俺はこいつを失うのが恐いのだろうか。俺はこの女が必要なんだろうか。それとも俺はこいつから必要とされたいんだろうか。

「なあ、俺の手相観てくれるか」

びっくりした顔ですみ江が振り向く。

「どうしたの？　あんなにいやがってたくせに」

そうだ。最初の頃、誰もすみ江の飲み代を払う客がいなかった日があって、お金ないから手相観て許してと言われ「そんなもの観てもらいたくない。皿洗いでもしろ」と俺は彼女を怒鳴りつけたのだ。

「いいから観ろよ。ちょっと興味出てきたし」

「へええ。じゃあ怒らないでね」

「怒るか、そんなもん」

炬燵を挟んで向かい合い、彼女は俺が差し出した両方の掌をまじまじと見た。一応これでも多少は波乱のあった人生だ。何を言われるのか少し緊張した。

「フッーだ」

「なんだと。普通で悪かったな」

「ほら怒る」

言われて俺は黙り込む。そうか、これでは俺が嫌っていた、観てほしいと言ってきたくせに怒って帰る客と同じだなと思い、でも怒る奴らの気持ちも少し分かった。

すみ江はテーブルの上にあった爪楊枝の先で、右手の太い三本線を縦に走る薄い線をなぞった。

「これが運命線。主要三本線は深いしきれいだからアイデンティティははっきりしてるけど、運命線があっちこっち切れてるし弱いから、三十歳くらいまで何していいか迷ってばっかりだったみたい。二十四歳くらいで結婚か女の人と暮らしたかなんかしなかった？　で、四年くらいで別れてる？」

図星をつかれて俺は返事をしそこなった。当たってるというのは悔しかった。

「商売はどうだよ」

わざとぶっきらぼうに聞いた。

「そうだなあ。このへんから運命線がきれいに伸びてるから、順調にいくんじゃないかな。まあ全般的に大丈夫な手だよ」

「いい加減だな」

俺はそこで掌をひっこめる。本当に聞きたいことは他に沢山あったが、本当に聞きたいことこそ聞けるわけがなかった。炬燵にごろりと横になると、彼女は立ち上がって洗い物をはじめた。

「明日の定休日なんだけど」

言いにくいことを言わなくてはならない。だから俺はそっぽを向いたままだ。

「悪いけど、午後から出かけてくれないか」

蛇口を閉める音がする。へ？　という声のあと「女でもくるの？」とからかう声がした。俺は目をつむったまま「そうだ」と小さく返事をした。


明日の午後から出かけてくれと言ったのに、すみ江は雑炊の鍋を片づけたあと、一眠りしてから化粧をして出かけ、店にも顔を出さず、朝になっても戻らなかった。彼女の大きめのリュックは置いてあるし、洗濯した下着も干したままなので、出て行ってしまったわけではないのだろうと考えながらもやはり落ち着かなかった。だが思い悩んでも仕方のないことだ。それよりは今日は半年ぶりに「俺の女」がやってくる日だ。

午前中からカーテンまで洗濯し、部屋中に掃除機をかけ、すみ江の洗顔フォームや歯ブラシやブラジャーやパンティーを隠した。炬燵の上の爪切りやら耳掻きやらを引出しにしまい、そこら中に散らかっているスポーツ新聞や漫画雑誌も紐でしばって押入に突っ込んだ。風呂を沸かし頭から爪先まで丁寧に洗ってついでに風呂場も隅々まで磨き上げた。この日のためにバーゲンで買っておいた趣味のいいセーターとコーデュロイのパンツに着替え、靴下も新品のものを下ろした。そして雑巾がけを終えた台所の床にレジャーシートを敷き、椅子を一脚その上に置いた。壁の時計を見上げ、駅での待ち合わせの時間には少し早いが出かけることにした。洗面台の鏡をもう一度覗き込み、髭の剃り残しがないか、鼻毛が覗いていないかチェックしてから部屋を出た。

天気はよかったがまだ北風が顔に冷たかった。寒いのにジャケットのポケットにいれた手が汗をかいている。三ヵ月に一度会うはずが、この前は向こうの都合で中止になったので余計に緊張しているようだ。

待ち合わせの午後二時より十分早く駅に着いたのに、娘はもう来ていて改札口の前でこちらを見て手を振った。俺の娘が笑っている。見覚えのないチャコールグレーのコートを着て、片手にはいつものようにケーキの箱を持って。駆け寄って抱きしめたい気持ちを抑え、俺はわざとゆっくり娘に歩み寄った。

「早かったじゃないか」

「だってお父さん、いつも時間より早く来るから」

まだ十一歳のはずなのに、視線の高さがあまり変わらなくて俺はどぎまぎした。

「背が伸びたな」

「うん。急に伸びちゃって、今クラスの女の子の中で一番大きいの」

不満そうに娘は言う。そういえば元妻も背丈がある方だった。親の欲目かもしれないが、あと五年もしたらきっとこの子はモデルみたいに綺麗になるに違いない。

俺の部屋までの十五分の道のりを、娘は他愛ない話をしながら歩いた。学校のこと、塾のこと、新しいゲームソフトのこと。気の利いたことが言えない父親に気を使っているのだろう。ほんの小さいうちから娘は大人に気ばかり使う子だった。不良になられても困るが、わがままを言って拗ねてくれた方が気が楽かもしれない。まだ小学生なのに如才ない娘が不憫《ふびん》だった。

部屋に着くと娘は「お邪魔します」と大人のような口をきき、これまた新調したスリッパに足を入れた。そして玄関の上がり口で何やら鼻をひくひくさせている。女の匂いがするのだろうかと俺は冷や汗をかいた。コートを脱ぐ娘にハンガーを渡し、湯を沸かす。いつものようにシートと椅子があるのを見て娘は笑った。

「お茶はあとでいいから、先に髪の毛やってよ」

カーディガンも脱いでブラウス一枚になると娘はさっさと椅子に座った。俺はタオルと散髪用のクロスを娘の首に巻きつけ、ハサミを出してきてにわか美容師になった。ブロースプレーで娘の髪をまんべんなく濡らす。すると肩甲骨の真中まである彼女の髪にシャギーが入っていることに気がついた。この半年の間に美容院に行ったのだろう。

「お父さん、ごめんね。一回美容院行っちゃったの」

「なんで謝るんだ。お前の髪だ。好きな時に好きにしていいんだよ」

小さく娘は頷く。寂しくないといえば嘘だが、いつかこんな日がくることはとっくに覚悟していた。

俺の母親は田舎で美容院をやっていて、父親はたとえるのも恥ずかしいほどパチンコばかりしている典型的な髪結いの亭主だった。俺は子供の頃から母の仕事を手伝っていて、よく妹の髪を切ったり三つ編みを編んでやった。忙しくて自分の髪にまで手入れが行き届かない母の髪もたまに切った。人の髪の毛をいじるのは案外面白く、友達にからかわれても何とも思わなかった。母に「お前は才能あるよ」と誉められ、子供の頃、大人になったら床屋になろうと本気で思っていた。結局その道には進まなかったが、簡単な散髪くらいはできたので、結婚して娘が生まれると、小さい娘の髪を切るのが俺の仕事になった。というよりは、仕事が忙しく他に何もしてやれなかったので、せめてそのくらいのことはしてやりたかったのだ。そういえば、女房と知りあって結婚し、夫婦仲が険悪になる前まではよく女房の髪を洗ったり、編み込んだり結い上げたりもしてやった。あんなに喜んでいたのに、最後には髪どころか俺が肩に手を触れるのさえ女房は拒否した。

娘が四歳の時に俺は女房と別居し、六歳の時に正式に離婚した。その直接の原因は女房の浮気で（女房は最後まで本気だったと言っていた）間接的な原因は俺が仕事ばかりしてほとんど家にいなかったからだ。自分は父親のようではなくちゃんとした大企業に勤め、妻子をきちんと養いたいと思った故の激務だったのにそれがあだになった。ある日突然、女房は娘を連れて実家に帰ってしまった。置手紙は便箋十二枚の長いものだったが、要約すれば恋人ができたので別れたいというものだった。

　別居中も俺は散髪を理由に三ヵ月に一度娘と会った。そして何とかやり直そうと粘ったが、女房は会っても石のように押し黙っているだけだった。最後には女房の父親が出てきて、うちのわがまま娘を許してやってくださいと言われ、そして慰謝料まで払うと涙ながらに頭を下げられた。それで俺はもう駄目なんだとやっと悟ったのだ。

　もし子供が男の子だったら、裁判でもなんでもして引き取ったかもしれない。けれど小さな女の子には、やはり女親が必要だと悔しいが認めざるをえなかった。女房の実家は裕福で父親も母親も善良な人だ。一人娘を無理矢理俺が引き取っても、与えられるものは少ないだろう。それで俺は女房と娘を手放した。

　だが正式に離婚が決まった時、六歳の娘が「髪の毛だけはずっとお父さんに切ってもらう」と言ってくれたのだ。女房はもちろんいい顔をしなかったが、娘がそう言い張るのをいけませんとは言えなかったようだ。

　小さいうちは俺が女房の家に行って娘の髪を切った。そして去年から、こうして俺のアパートにやって来るようになった。お母さんがいると邪魔だし、もう一人で電車に乗れるから、と娘本人が言い出したのだ。

　十一年間真っ直ぐ伸ばしていた長い髪の表面に、軽く見えるように段が入れられている。確かにこの方が垢抜けて大人っぽい。素人に毛が生えた程度の技術しかない俺にはもう娘を綺麗にしてやることはできないのだと思うと、やはり寂しかった。

でもまだ染めたこともパーマをあてたこともない娘の髪は、艶やかで健康で豊かだった。もしかしてこれが最後かもしれないと思うと、その手触りが一層愛しく胸が痛かった。赤ん坊の時にぽよぽよとひよこみたいに細く薄かった髪を女房と二人で心配した。初めて梳きハサミで娘の前髪を切ってやったのは生まれて何ヵ月目だったろうか。そう遠くない将来にこの真っ直ぐな髪は流行の髪形に刈られ、やがて知らない男の手に触れられる。前髪を切ろうと櫛で梳かすと娘は瞼を閉じた。午後の日差しが娘の桃のような頰を光らせる。リップクリームをぬった艶やかで小さな唇。これもいつか知らない男のものになる。

ふいに熱いものがこみあげてきたその時、玄関の鍵を開ける音がした。慌てふためいて俺はハサミを取り落とす。拾い上げて顔をあげると、もちろんそこにはすみ江がいた。娘もすみ江も驚いて互いの顔を見、そして同時に俺に視線を向けた。

「あ、お取り込み中?」

すみ江は間抜けな顔でそう言った。

「散髪中だ。見れば分かるだろう」

大人気ないと思いつつも不機嫌な声が出る。でも、もし本当に知らない女と俺が取り込み中だったらこいつはどうする気だったのだろう。それとも承知でわざと帰ってきたのだろうか。

「こんにちは。父がお世話になっております」

娘が立ち上がってそう言った。切った髪がぱらぱらと床に落ちる。

「お嬢さん？」

「はい。母とは離婚してもう長いんですけど、たまにお父さんに髪の毛切ってもらいにくるんです」

すみ江は半笑いで俺の顔をしばらく眺めていた。

「調理師免許だけじゃなくて美容師のも持ってるんだ。すごいねえ」

「資格は持ってない。実家が美容院だったから少しできるだけだ」

険悪な雰囲気を感じ取ったのか、娘は困ったようにこちらを見る。俺は咄嗟に娘に優しい声でこう言った。

「この人はうちの店で雇ってる手相観さんなんだ」

「手相観さん？」

娘は訝しげに問い返した。すみ江の反応が内心恐かったが、意外にも彼女は大人の笑顔を作って言った。

「マスターのお嬢さんなら、ただで観てあげますよ。いつでも店にきてね。ええと、マスター、太久郎さんがお店の鍵をなくしちゃったって言ってて」

すみ江が方便を言ってくれたことに驚きつつも、俺はそれに合わせた。

「予備ならその引出しの一番上に入っているから、渡してやって」

はい、と歯切れよく返事をして、すみ江は勝手知ったる部屋の小さなタンスから鍵を取り出し脱いだスニーカーに足を入れる。

「そうだ、マスター。そんな技があるなら今度私の髪も切ってくださいよ。じゃあお邪魔しました」

白々しくそう言ってすみ江はドアの外に消えていった。立っていた娘は椅子にすとんと座る。そして「お父さんにも彼女がいるんだ」と呟いた。

「違う。あれは本当に店の従業員で」

「よかった。ちょっと安心した。お母さんにも言っていい？」

娘はまったく俺の言うことを信用しなかった。しかし勝手に鍵を開けて入ってくる女がただの従業員ではないことぐらい、十一にもなれば分かるのだろう。だからもう俺は何も言わなかった。

髪を揃え終えると、俺は紅茶をいれ、娘が持ってきたプリンを向かい合って食べた。外見がごついせいかそうは見えないらしいが本当は甘党の俺のために、娘はいつも手土産に買ってきてくれるのだ。今日のプリンは春らしく苺とクリームがデコレーションされていた。甘い物くらいコンビニでいくらでも買えばいいのだが、我慢して我慢して、その末に食べる娘の買ったプリンは天国の味がした。

「お母さん、再婚するんだってな」

言い出しにくいだろうから、俺の方から切り出した。娘はうつむいてスプーンを口に運び、かすかに頷いた。

「どうだ、新しいお父さんとは仲良くやれそうか」

「そうだね。いい人だと思う」

先週、元女房から電話がかかってきて再婚のことを聞かされた。離婚してもう五年だ。いいも悪いもない。ただ引っかかったのが、その相手が医療関係の研究者で、来年あたりから数年アメリカに行くことになりそうだということだった。

「アメリカ行くんだって？」

「んー、なんか中学からね」

行くな。俺と一緒に日本で暮らそう。そう言いたかったが、彼女の将来のことを考えると、娘を手放した時と同じように、その方が幸せなのではと思えてしまった。若いうちに自然な形で英語を覚えたら人生に応用がきく。それに今のすさんだ日本の学校より、外国のアッパークラスの学校で青春を過ごした方がいいような気もする。俺のようにならないために。すみ江のようにならないために。

プリンを食べ終えると、俺と娘は一緒にアパートを出た。電車に乗って都心へ出る。夕飯は何が食べたいかと聞いたら「お寿司か焼肉」という子供らしい返事がかえってきた。それともわざと子供ぶっているのだろうか。

夕飯の間も、家のそばまで送っていく道すがらでも娘はよく喋ったが、母親の再婚のこともアメリカ行きのことも、すみ江のことにも触れなかった。じゃあまたね、と娘は豪華なマンションの下で手を振った。じゃあまたなと俺も笑った。

電車を乗り継ぎ、コンビニでビールとつまみを買って帰ると、アパートの電気は消えたままだった。部屋に入ると案の定、すみ江の荷物はきれいになくなっていた。炬燵の上に俺の部屋の合鍵と、嘘をついて持っていった店の合鍵が並べて置いてあった。


三日たっても一週間たっても、すみ江は店に現れなかった。あの太久郎でさえ、すみ江ちゃんどうしたんですか、と俺に尋ねた。知るか、とそっけなく答えたので太久郎は肩をすくめ二度とその話題にふれなかった。その間何組か手相目当ての客がやってきて、すみ江がいないと知ると店にも入らず帰っていった。中には「その人の携帯の番号教えてください」としつこく言う客もいた。


仕込みを終えて暖簾を出して戻ると、背中で戸を開ける音がした。どきりとして振り返ると久しぶりに風呂帰りのじいさんが顔を覗かせた。

「いらっしゃい。お久しぶりです」

くたばってるんじゃないかと心配していたので、頬が自然とゆるんだ。

「うん、悪い風邪をひいちゃってね。やっと治った」

「心配してたんですよ」

「すまなかったね。咳だけいつまでも抜けなくて、自分ちの風呂で我慢してたんだ。銭湯でゴホゴホやったら人様に迷惑だろう」

「あれ、お宅に風呂あるんですか」

「今時あるよ。銭湯は趣味」

無口なじいさんも今日は多少饒舌で、笑みさえ浮かべている。そんなことが、俺は無性に嬉しかった。そこで店の電話が鳴りはじめる。太久郎が出て店の名前だけそっけなく言った。すみ江だろうかとじいさんの酒を温めながら俺は横目で太久郎の様子を窺う。するともともと不機嫌顔の彼が最大限に不愉快な顔をして受話器をこちらに差し出した。

「誰から？」

バカ女、と太久郎が吐き捨てるように言う。こりゃ向こうに聞こえたなと思いながら出ると、相手は大手の出版社の名前を言った。うちで領収書を切ることは少ないので、すぐあのショートカットの女だと思い当たった。

「取材？」

言われて俺は聞き返した。

「ええ。いつぞやは失礼いたしました。占いの特集号なんですけど、街の変わった占い師というページがありまして、占い居酒屋として是非ご紹介させて頂きたいんですが、今週中に撮影に伺ってもよろしいでしょうか」

断られることを予想もしていない口調でショートカットは明るく言った。冗談じゃない、と思った瞬間、落ちてきている売り上げのことが頭を過り、サラリーマン時代の利用できるものは何でも使ってやろうという感覚が蘇って俺は動揺した。

建設会社で営業の仕事をやっていた俺は、離婚が決まると何の未練もなく会社を辞めた。企業努力という名のスパイ紛いの接待に裏金工作。それも妻子を養うためという目的があればまだ我慢できたが、それをなくしてしまうと何のために睡眠時間と神経を削っていたのかさっぱり分からなくなってしまったからだ。それで俺は居酒屋をやることを思いついた。仕事で消耗した神経を癒してくれたのは、高級料亭でも気取ったバーでもなかった。儲けなど度外視したような何の変哲もない居酒屋で、一人ぼんやりと酒を飲むほんの少しの時間だけが俺の救いだったからだ。

邪念を振り払うように俺は左手でカウンターを叩いた。

「取材なんてお断りだ。うちは占い居酒屋なんかじゃねえや。手相は勝手に客がやってただけだからね。悪いけどもうかけてこないでくれ」

俺の剣幕にさすがに向こうは少し怯《ひる》んだようだった。

「では、あの女性だけでも取材させて頂けないでしょうか」

「客だから、どこの誰だか知らないよ」

「いつもお店にいらっしゃるんでしょう。ご本人とお話ししてお願いしたいんですけど」

「最近こないよ。お前も二度とくんなよ」

俺は受話器を乱暴に置いた。風呂帰りのじいさんがさすがに驚いたのか尋ねてくる。

「なんか取材か？」

「いや、すみ江にです。でも最近あいつ全然こなくなっちゃってね」

苦笑いで言うと、じいさんはけろりとこう言った。

「さっき駅前でティッシュ配ってたよ」

太久郎が後ろで何か言ったが、俺は外へ飛び出していた。俺は店を放って何をやってるんだ、と走りながら思ったが、そう思っているうちに駅前のバスターミナルに着いてしまった。もう日は落ちかけていて、駅前には雑多な人があふれかえっている。その中に揃いの白いウィンドブレーカーとテニスのスコートのような短いスカートをはいた女が三、四人いるのを見つけた。駆け寄っていくと、その中の一人がすみ江だった。

「あら、マジオさん。これどうぞ」

反射的に受け取ってしまったティッシュを俺は裏返す。近所にできたサウナの広告が入っていた。

「お、お前」

「何か用？　これ六時までに全部配らなきゃならないんだから、あとにしてよ」

「なんで働いてんだ。働くならどうしてうちで働かん」

思わず大きな声が出てしまった。すみ江は無視し、笑顔で道行く人にティッシュを配っている。

俺は彼女の二の腕をつかまえた。

「痛いなあ。邪魔しないでよ。用事なの？」

自分でもどうして彼女をつかまえているのか分からなくて俺は口ごもった。

「いや、えっと、今出版社から電話があって、雑誌でお前のこと取材したいって……」

「やなこった」

「そうだよな、いやだよな。俺だってやだよ」

「ほら、手え離して」

振り払われそうになって、俺は慌てて指に力をこめる。

「お前、俺と結婚しろ」

すみ江の顎が落ち、細い目が大きく見開かれる。

「なに言ってんの、マジオ」

「言い方が気に食わなかったら言い直す。結婚してくれないか。頼むから」

「やなこった、に似た言葉でパンナコッタ」

自分で言った親父ギャグにすみ江は吹き出し、けらけら笑っている。考える前に口から出てしまった本音と、それをからかわれた恥ずかしさで血が沸騰した。

「お前は俺の女だろうが」

「はあ？」

「半年も毎日セックスしたら、俺はお前のもんだし、お前は俺のもんだっ」

すれ違ったおばさんがぎょっとしてこちらを振り返るのが見えた。それでも俺は続けた。

「行かないでくれ。俺のうちにいてくれ」

さすがに茶化す気がうせたのか、すみ江はもう笑わなかった。

「俺にはお前が分からん。だから余計、手放したくないんだ」

「分かんないのはあたしの方だよ。マジオさんね、あんた押しつけがましいよ」

すみ江と知り合ってから、俺はいろいろ不愉快な思いや嫉妬をさせられたが、これほど冷たいことを言われたのははじめてだった。俺は力がぬけて彼女の腕を離した。

「今、もしかして淀橋のところにいるのか？」

すみ江は笑顔を取り戻して頷いた。

「分かった。しつこくして悪かった」

脱力した俺が彼女に背を向けて歩き出すと、「マジオさん」と大きな声で呼び止められた。

「ねえ、あたしの髪も切ってよ。美容院行くお金ないから」

どこまでデリカシーのない女なんだ。戻っていって殴ってやろうかと思ったがやめておいた。店にはそろそろ客が入ってくる時間だ。法被だけで飛び出してきたので急に寒さが沁みてくる。すみ江はあんな短いスカートで寒くないのだろうかと頭をかすめたが、もう心配する気力もわいてこなかった。

その次の日曜日、俺はつくづく自分の生真面目さと未練がましさを呪いつつ、ハサミと櫛を持って家を出た。淀橋の家には行ったことはないが、店を買った時の契約書を引っぱり出して住所をメモした。

下り電車に乗って十分の駅で降り、バスでも行けそうだったが来たことのない場所だったのでタクシーに乗って住所を見せたらワンメーターで「この辺だと思いますよ」と降ろされた。通りかかった子供連れの主婦にメモを見せると、うちの団地ですよと親切に教えてくれた。昭和の時代に建てられたのであろう古く大きな団地には、どの部屋のベランダにも洗濯物や布団が干してあった。階段を上ってその二〇三号室のドアの前に立ち、俺は大きく溜め息をついた。

淀橋は転居致しました。御用の方はこちらまで。

悪筆で堂々とそう貼り紙されていて、新しい住所が書いてあった。俺の家の近所だ。引っ越すのは自由だし、あの親父に転居通知など期待していないが、交通費と時間のことを考えるとやはり腹がたった。今度は駅まで歩き、再び電車に乗った。淀橋の新住所は俺が住んでいるアパートとは駅を挟んで反対側で、すぐ見つかるかと思ったのに、そのあたりは昔のまま区画整理がされておらず、くねくね曲がる路地をうろうろし、人をつかまえて聞いてもみたが分からなかった。さすがに疲れ果て、腹も減ってきたのでもう帰ろうかと思った矢先、目の前の電柱に貼ってある住所と手元のメモの番地が同じことに気がついた。そこに建っているのは古い平屋で、表札には

「香川」と書いてある。けれど番地はあっている。これで終わりにするつもりで木戸を開け玄関の前に立つと、またもや貼り紙がしてあった。御用の方は庭の方へおまわり下さい。まったく、誰か知っていて俺をおちょくっているのかと疑うほどだ。

植え込みにそって庭石が続いている。そこを歩いて行くと、人の話し声がした。数人の楽しそうな声が聞こえる。建物の角をまわると小さな庭に面した縁側があって、俺は「ごめんください」と中を覗き込んだ。

「おお、マジオや」

淀橋が俺の顔を見て言った。

「あ、ほんとだ。いらっしゃい」

すみ江がまったく悪びれずに笑う。

「来るかもしれないって言うから、待ってたんだよ。散髪してくれるんだって?」

何より驚いたのは、そう言ったのが風呂帰りのじいさんだったことだ。三人は縁側の戸を開け放ち、そこに置いた将棋台を囲んでいた。その上にはアンバランスに山になった駒が載っている。

「なんなんですか。何やってんすか、三人で」

「将棋崩し」

明るく答えるすみ江に俺はがっくり力が抜けた。

「そうじゃなくて、なんで淀橋さんの住所がここなんですか」

「いやー、スミちゃんと二人では食われへんからなあ。困ってたら香川さんが、部屋余ってるから住んでもええって言うてくれはってな」

香川という名の風呂帰りのじいさんがお茶と最中を出してくれ、腹が減っていた俺は最中をみっつヤケクソで一気喰いした。

「香川さんはワシが店やってた頃からの常連さんなんや」

淀橋が言うのを聞きながら、俺は最中をお茶で流し込む。そうか、考えてみれば不思議な話ではない。けれど普通すみ江までセットで自分の家に住まわせるか。この、どこまでも寄生して感謝もしなそうな二人を。

「散髪してくれるんやて、マジオ」

「淀橋さん。そのマジオっていうのやめてください。それに俺、男の髪はやりません」

「なんでやねん。女の気い引くためにやってるんか」

「男の頭は難しいからです」

すみ江は香川さんと一緒に庭に椅子を出してきて梅の木の下に置き、タオルや大判のスカーフのようなものを楽しそうに用意している。さっさとやることやって帰ろうと俺は立ち上がった。

「梅の花がいい匂いね。今日、啓蟄《けいちつ》なんだって」

すみ江の口からそんな単語がでるのは意外だった。椅子に座った彼女の首にタオルを巻いて、古そうな女物のスカーフをその上からかぶせる。よく見るとそれはエルメスのスカーフだった。

「おい、これ」

「香川さんの亡くなった奥さんのなんだって」

「そんな大事なもの使っていいのかよ」

「大事なものなんだから、使った方がいいんじゃない」

わけのわからない理屈だったが何となく説得力があるなと思いながら、俺はすみ江の髪を櫛で梳いた。娘の髪とは違い、傷んでゴワゴワし枝毛だらけだ。本当はうちに泊めた最初の日から切ってやりたくて仕方なかった。けれど女の髪を切ると情が移る。母親と妹と、女房と娘。その四人の髪の手触りをはっきり掌が覚えている。手相が掌に刻まれているように、その愛情が染みついている。だから俺はすみ江の髪を切るのが恐かった。

「どのくらい切る？」

「肩の上くらい。結べないとかえって不便だから」

十センチくらい切ることになる。それなら傷んだ部分はほとんど切り落とせるだろう。スプレーをかけて彼女の髪にハサミを入れていると、後ろの縁側でじいさん二人が何やらこそこそ内緒話をしていた。どうせ俺たちのことだろう。

「あー、好きな男の人に髪触ってもらうのって気持ちいいね。娘さんの気持ち分かったよ」

俺は手を止めた。

「お前、俺のこと好きなのか？」

「好きじゃなきゃ、半年もセックス毎日シナイネー」

あのなー、と呟いたが、そのあと何を言ったらいいか分からなかったので話題を変えた。

「お前、まだ若いのに年金暮らしのじいさんたちに食わせてもらって恥ずかしくないのか」

「若い若いっていうけど、あたし三十六だよ」

「なんだと、同い年じゃねえかっ。バケモンかお前」

俺の大きな声に背中から「喧嘩すんなあ」とじいさんたちの声がした。すみ江はくすくす笑う。

「マジオさんはさー、どうして自分の思う通りにいかないと、いちいち怒るわけ？」

絶句し、俺は黙ってすみ江のつむじを見つめた。

「あたしのこと、勝手に可哀相だとか思わないでくれる？ 働くか結婚するかどっちかしないと怒るなんて、あたしの親父と同じだよ」

俺はしばし梅を見上げて考えた。空が青くて目がしばしばした。

「そういう家がいやで飛び出したのか」

「それもあるけど、たとえばマジオさんやいろんな人が想像してるような不幸な過去なんか、あたしには全然ないよ。強いて言えば脳がどっかおかしいんじゃないかな」

「俺がか？」

「違うよ、あたしのこと。手相観てもらいにくる人ってさ、みんな不安で寂しくて飢えてんの。でもあたしにはなんでだかそういう感情がよく分かんないんだよ。昔はあたしは異常なんだって悩んだこともあったけど、よく考えてみれば別に何も不都合ないしね。おめでたい性格ってことでいいことにしたの」

返答のしようもなく、俺は黙々とすみ江の髪の傷んだ部分をみんな切り落とした。染めた毛先もなくなり、艶やかな黒髪になった。

「終わった」

スカーフを外すと、ありがとうと言ってすみ江が立ち上がる。そして振り向きざまに頰に唇をつけてきた。

「またお店に行っていい？」

「別に好きにしろ」

「わーい、じゃ、鏡見てくるね」

そう言って彼女は縁側でサンダルを脱ぎ捨て、部屋の中へ駆け込んで行った。その後ろ姿を俺とじいさん二人は見送り、それぞれお互いの顔を見た。

「寂しいなら、真島さんもうちに住めばいいよ」

香川さんがにっこり笑ってそう言った。勝手に可哀相がるなとすみ江に言われた意味がそれでやっと分かった。


翌日、開店の三十分前に俺の女が現れたので驚いた。私立の制服を着たままの娘は、店の戸から顔を覗かせ、緊張した面持ちで「入っていい？」と聞いた。鶏皮を串に刺していた俺はそれを放って娘に駆け寄った。

「どうしたんだ。何かあったのか」

娘が店に来るのは初めてだった。それどころか、三ヵ月に一度の決められた日以外に電話もせずに来るなんて、よほどのことがあったに違いない。

「お母さんと喧嘩でもしたのか」

「違うよ。手相観てもらいたくてきたの」

「手相？」

「あの女の人、何時頃くるの？」

「お前、なんか深刻な悩み事でもあるのか。どんなこと言われてもお父さん怒らないから言ってみろ」

娘は学校指定のバッグを椅子の上に置くと、紺色のピーコートを脱いだ。

「そんなんじゃないよ。お父さんにも会いたかったし、お店一度も見たことなかったし」

そう言う娘の顔は明るくて、特に隠し事をしているようには見えなかった。

「あのお姉ちゃん、今日くるかどうか分からないぞ」

「来るかもしれないなら待ってみる」

「駄目だ。帰りなさい。お父さん、これから仕事だから送ってやれないし」

「今日、お父さんとこ泊まったらいけない？　お姉ちゃん、いやがる？」

もうお姉ちゃんは出てっちゃったんだよ、と言おうとしたが言えなかった。

「いやがるもんか。でもお母さんにちゃんと言ってきたのか。明日学校はどうすんだ？」

「風邪で休むー」

いたずらっぽく娘は言った。それだけのことで泣きそうになってしまい、俺はわざとぶっきらぼうに「好きにしろ」と言ってカウンターの中に戻った。

娘に焼き鳥とおにぎりと味噌汁を出してやり、迷った末に俺は太久郎の携帯に電話をして、香川さんの家の場所を説明し、すみ江がいたら連れてくるように頼んだ。娘をずっとここに座らせておいて、酔っ払った親父たちに囲まれるのは気が進まない。それよりはまだすみ江に相手をしてもらう方がましだろう。

二十分も待たないうちに、太久郎とすみ江が店へ入ってきた。すみ江と娘は一度しか会ったことがないのに、親しげに手を振って喜びあっている。そして早速カウンターの隅ですみ江は娘の小さな掌を覗き込んだ。

「うわ、お金の貯まりそうな手だ」

「小学生相手になに言ってんだ」

「親父は口を挟まない」

すみ江と娘は俺に聞こえないよう、こそこそと声をひそめた。娘の相談事とは何だろう。好きな男の子でもできたのだろうかとにわかに不安になる。

太久郎は賄いを食べ終え、法被に着替えて手を洗った。焼き場の前に立ち煙草に火を点ける。

「お嬢さん、似てますね」

お愛想を言う男じゃないので、本当にそう思っているのだろう。

「そうか」

「美人になりますね、きっと」

「お前がゲイでよかったよ」

太久郎は少し考える顔をしてから言った。

「真島さん、混乱すると思って言わなかったんですけど、俺、正確にいうとバイなんですよ。どっちかっつーと男が好きなんですけど」

え？　と聞き返したところで、太久郎は灰皿に煙草を押しつけ、すみ江と娘の方に歩いていった。あの太久郎が笑顔で何やら娘に話しかけている。俺はさりげなく近寄っていき、背中を向けて耳をそばだてた。

「バンドやってるんですか？」

自分の鞄の隣に置かれたギターケースをさして娘が太久郎に尋ねた。

「うん。音楽とか聞く？」

娘はちょっと黙ってから言った。

「私、みんなに変わってるって言われるんですけど、昔のプログレが好きなんです。お母さんのCDの棚にあったクリムゾン聞いてから」

「うわ、小学生がクリムゾン」

すみ江がびっくりした声を出す。

「そりゃ変わってるな。変わってるのはいいことだよ。今度うちのライブ見にこない？」

「あー、太久郎、あたしのことは誘ったことないくせに」

どうしたことだ。俺の娘があの異常な奴らと話があっているようだ。混乱していると、店の戸が開いて銭湯帰りの香川さんが顔を出した。

「まだ早かったかい？　暖簾出てないけど」

「あ、どうぞ、やってます」

慌てて暖簾を出し提灯を点けて戻ってくると、娘とすみ江と太久郎の輪の中に香川さんまで加わっていた。

「大将のお嬢さんだって。いや、こんな可愛い子がいてあんた幸せもんだね」

香川さんがそう言うと「この子、世界に出ていく相があるってさ」と太久郎がつけ加えた。娘が顔を赤らめ、太久郎を上目遣いで見ている。

そうだ、俺の娘は利発で美人で個性的で優しい子なんだ。世界にだってそりゃ出ていく。俺の自慢の娘だ。そう誇らしげに言ってやろうとしたのだが、何も言葉が出てこなかった。震える俺の背中で戸が開く音がし、二人目の客が入ってきた。俺は下を向いたままやっとの思いで「らっしゃい」と言った。

いつの間にか隣に立っていたすみ江が、背伸びをして俺の頭を「よしよし」と言って撫でた。

初出

プラナリア　小説現代　99年7月号
ネイキッド　小説新潮　00年3月号
どこかではないここ　オール讀物　00年2月号
囚われ人のジレンマ　オール讀物　00年8月号
あいあるあした　オール讀物　00年10月号

山本文緒 Yamamoto Fumio

1962年横浜市生まれ。
神奈川大学を卒業後、
OL生活を経て作家となる。
99年「恋愛中毒」で
吉川英治文学新人賞を受賞。
何気ない日常から時代を切りとる
確かな観察眼が、若い世代の
支持を集める。「群青の夜の羽毛布」
「紙婚式」「落花流水」など著書多数。
エッセイ集に「そして私は一人になった」
「結婚願望」がある。

プラナリア

2000年10月30日　第1刷
2001年3月5日　第7刷

著　者　山本文緒《やまもとふみお》
発行者　寺田英視
発行所　株式会社　文藝春秋
東京都千代田区紀尾井町3−23　〒102−8008
電話（03）3265−1211
本文印刷　理想社
付物印刷　大日本印刷
製本所　加藤製本

定価はカバーに表示してあります。万一、落丁乱丁の場合は送料当方負担でお取替え致します。小社営業部宛お送り下さい。

ISBN4−16−319630−7

ソング・オブ・サンデー

藤堂志津子

絵描きの利里子と大工の鉄治＋《プラス》互いの愛犬。
風変りなドライブに出掛けた男女の微妙な
関わりを伸びやかに綴る新感覚の恋愛小説

冷暗所保管
テレビ消灯時間4

ナンシー関

「もはや権力となったキムタク」「薬丸の順
風満帆」「素敵でなくなったW浅野」等々
必殺の観察眼が冴え渡る史上最強のＴＶ評

シメール

服部まゆみ

新進気鋭の評論家・片桐は満開の桜の下で
「精霊」を見た。幻を手に入れたいと希う
ほど迷い込む心の迷宮。ゴシック・ロマン